S A I Y U K I

# 最遊記 2

## 鏡花水月

Novel:みさぎ聖

GFN

Gファンタジーノベルズ

Illustration

峰倉かずや

S A I Y U K I

# 最遊記 2

鏡花水月

## CONTENTS

# 第1章

S A I Y U K I

一

換気のためと称して少し開けられている窓の側《そば》を横切ろうとして、八戒《はっかい》はふいに足を止めた。

大人の指なら二本通るか通らないかの、僅《わず》かな透き間。

そこから室内に流れ込む空気の質が、先程までとは違う。

その微妙な変化を感じて。

持ち上げた右手を窓枠に添えて、そのまま横に引くように少し力を加えれば、カラカラと乾いた音をたてて簡単に窓は開いてゆく。

薄い硝子《ガラス》に隔てられていた内と外の気温差は思ったより大きかったらしく、一瞬だが吹き付けるようにして頬を掠《かす》めていった、冷えた空気に目を細める。

刹那《せつな》の嵐。

その後すぐ穏やかになったものの、流れ込んでくる空気の量は、透き間と呼べないほど広がった空間に比例して増えていった。

露出した皮膚にまとわり付くような、そんな不快感を感じさせる重く湿った空気が、先程感じた僅《わず》かな変化が気のせいなどでないことを知らしめる。

遠からず降り出すだろう雨の予感。

長く尾を引く音を伴《ともな》って風が吹き込み、八戒《はっかい》の長い前髪を乱すと同時に、周辺の木々をもざわめかせる。

その音と揺らめきに合わせて、紅葉の時期を終え水分が抜けきり軽くなった木葉《このは》が、幾つも幾つも落ちてゆくのが夜目にも分かった。

外界が思った以上に明るいことに疑問を持ち、窓から少し身を乗り出すようにして八戒は上空を見やる。

仰《あお》ぎ見た先には、満月の右端を少し爪で削り取ったかのような十六夜《いざよい》の月。

半《なか》ば以上雨雲に蝕《むしば》まれてきてはいるが、それでも青白い光をまとってなんとか存在を誇示し続けている。

しばらくの間淡い光を眺めていた八戒だったが、いい加減身体が冷えてきたことに気付き窓を閉める。

閉めながら考えるのは、傘も持たずに出掛けて行った、知り合ってから4か月ほどの同居人のこと。

4か月のうち1か月近くは離れていたので、正確な同居年月は3か月ほどだ。

3か月…と、口にすれば短いように思える。

だが、相手の深い内面的な部分ならいざ知らず、表面に現れる行動パターンを知るには十分すぎる期間。

しかも同居人である沙悟浄《さごじょう》は、その行動パターンというものを非常に把握しやすい男であった。

行き先は酒場か賭場《とば》か女性の部屋、といったところだろう。

普通なら入る『この時間なら』という注釈はあえて除く。

この時間でなくとも、悟浄の行き先は十中八九この3か所のうちのどれかで、絶対と言い切れるだけの自信も根拠も、八戒にはあった。

再度同居を始めてからの2か月で、悟浄がこの3か所のどこにも足を向けなかった日を数えれば、片手の指では足りないが、両手の指では確実に余ってしまう。

ごく稀《まれ》に、彼の生活態度からみれば全く無縁で、水と油ほどに相いれない寺院という場所に出向くときもあるのだが、それこそこんな夜更けに訪問すれば、悪くすれば目的の人物に撃ち殺されかねない。

さて、どうしたものか、と。

他人事《ひとごと》のように、今後の自分の行動を模索してみる。

だが、考えたところでどうなるものでもない。

八戒の中に『迎えにいってあげよう』という選択肢など、さらさらないのだ。

第一悟浄とて、大の男である自分が傘を片手に迎えに行ったところで、嬉しくも何ともないだろう。

とすれば、八戒にできることはただ一つ。

月が雨雲に完全に侵略されるその前に、悟浄が本日のお相手と共に泊まる場所を決めることを祈るのみ。

一連の行動に区切りを付けるように一息ついて、八戒は窓から離れて踵《きびす》を返す。

読みかけの本がそのままだったことを思いだし、秋の夜長を自分なりに楽しむために部屋へと向う。

だが、四、五歩進んだところで順調に動いていた足が止まった。

普通なら聞き逃してしまうかすかな音に反応して、大きく揺れた両の肩。

意識せず強《こわ》ばってしまった背中は、見ようによっては脅《おび》えているようにとれたかもしれない。

そんな風に時間をかけて自分自身を分析する間も与えず、一拍ほどおいて再び同じ音が耳を掠《かす》めた。

反射的に振り返る先には、先程まで何とはなしに佇《たたず》んでいた窓がある。

付近に民家が無いため、硬質な冷たさを感じさせる硝子《ガラス》の向こうには深い闇が広がっていて、出来の悪い鏡のように室内を、そして八戒の姿を映し出していた。

タン、と。

また、音が耳に入り込む。

それと同時に、窓に映った自分の左目だけが滲《にじ》むように歪《ゆが》んだ。

タン、タタンと。

今度は間を開けずに音が続き、音の数だけモノクロに映し出された自身の歪《ゆが》みは増えて、ゆく。

どろりと溶けて、滲《にじ》んでそして広がってゆく。

徐々に早まる不規則な雨音。

そのリズムに誘われるように、八戒は再び窓際へと移動する。

わずかな移動時間の間に、途切れ途切れだった雨音が、絶え間無く流れ落ちる滝を彷彿《ほうふつ》させる音に変わっていった。

窓に手のひらを押し付ければひやりとした感触と、硝子《ガラス》越しだというのに感じ取れる微《かす》かな振動。

八戒の見守る中、雨は激しさを増すばかりだ。

硝子《ガラス》に映る自分の姿は、流れ落ちる滴《しずく》のせいで泣いているようにも見え、奇妙に歪《ゆが》んでしまってもいるので笑ってるようにも見えてしまう。

困ったような、途方に暮れたような泣き笑いの顔。

何故か自分に似合いの気がして、けれど、どうしても見ていたくなくて。

拒否するように八戒は目を伏せる。

雨音がより大きく聞こえてきたのは、単純に雨が激しくなったためか。

それとも視界が閉ざされたせいで、聴覚が研ぎ澄まされたからだろうか？

途切れることのない雨音はどこか耳鳴りにも似ていて、外界からではなく、自分の脳内で生み出されている音のような気にさえなってゆく。

全身が、雨音に呑《の》まれる。

そんな非現実的な考え違いを起こしてしまいそうな自分自身に、それは錯覚だと認めさせるために無理矢理生唾《なまつば》を呑み込むが、望む効果は得られない。

ざわり、と。

次第に大きくなってゆく雨音に呼応するように、身体の中心で何かがうごめいた。

恐怖。不安。後悔。憎悪。

重苦しい感情が、一人の女性として暗幕の世界に浮かび上がる。

負《マイナス》の感情の具現とは思えぬほど、あでやかな微笑みで――。

「――っ」

おぼろげな像が鮮明さを増す前に、断ち切るように八戒は目をこじ開けた。

早まる鼓動にならって、少し息が乱れている。

もう一度目を閉じる気にはなれないが、かといって硝子《ガラス》に映る自身を直視する気にもなれず、逃げを承知の解決策として窓に背を預ける方法を取った。

耳に入るのは相変わらず雨音だけだが、視界を埋めているのはそれなりに見慣れてきた幾つかの家具。

深く息を吐き出すと、身体中にこもっていた不必要な緊張が少しだが薄らぎ、一層深く窓にもたれ掛かる不安定な態勢となった。

「まいったなぁ…」

ただ一つの音に支配されたこの世界に、何でもいいから違う音が欲しくて、声にする必要はないのに言葉を口に乗せる。

「そんなつもりはなかったけど…」

以前から多少の自覚はあった。
ただ、認めたくなかっただけで。
だからこれは確認。
どうやら自分は、思っていた以上に…。
「ダメみたいですね…雨の夜は」
時計を巻き戻すかのように、記憶が溯《さかのぼ》る。
自分の居る場所がどこか分からなくなり、感情さえも分からなくなる。
深呼吸を一つして、首を仰《あお》ぐように傾けてみた。
頭が硝子《ガラス》に当たる小さな音と、振動が伝わってくる。

——大丈夫。

何がどう大丈夫なのか。
そもそも自分に向けた言葉なのか、それとも他の誰かへの言葉なのか。
そんなことさえ分からないのに、それでも。

――大丈夫、大丈夫だから。

それが正気を保つ唯一の手段であるかのように。

繰り返し繰り返し。

八戒は祈るように唱え続けた。

二

店内のあちこちに設置されている安っぽい黄《きば》みがかった光源は、お世辞にも目に優しいとは言えない代物。

さらに換気が追いつかず室内に充満した煙草独特の煙が、輪を掛けるように視界を常より悪くさせている。

人も物も、少し離れてしまうと薄汚れたセロハン越しに見ているかのように映り、酷《ひど》く現実味に欠けていた。

耳には男と女の睦言《むつごと》めいた駆け引きが、その間を縫《ぬ》うように聞こえてくる音楽と相まって心地よく響いてくる。

途切れない低音のざわめきに身を浸《ひた》しながら、たった今配られた五枚のカードの組み合わせの良さに、悟浄は軽く口の端を上げた。

無論、小さな机を挟んで向かい合う相手には見えないように、さりげなくカードで口元を隠すことは忘れない。

そのまま上目使いで、ちらりと相手の表情を盗み見る。

ここまで悟浄があっさり七連勝しているので相手の機嫌が良いはずはない。

だが配られたカードを見つめる表情は、それだけが理由とは思えないほどの渋面《じゅうめん》で彩《いろど》られている。

この分じゃ、楽勝だな。

そう自身の勝ちを確信したとたん、裏返されていたカードをめくったときの軽い興奮が、波のように引いていった。

この陳腐な賭け事で得る金銭で日々の生活をしているのだから、勝てなくなったらおしまいだ。

だから、本来なら文句を言うべきことでないのは百も承知している。

それでも、こうも簡単に勝負の行方が見えてしまうと、どうにも面白くない。

相手の男は不精髭《ぶしょうひげ》のまばらな口元を不本意そうに歪《ゆが》めて、カードを睨《にら》みつけたまま微動だにしない。

いくら眺めていても、自身の望むカードに変わるはずもないというのに。

ご苦労なことだと、せせら笑う。

一つ息をついてから、気を取り直すために脇に置いていたグラスを手に取って、琥珀《こはく》の液体を喉《のど》へと流す。

だが、氷が溶けて薄まってしまったそれは、余計に悟浄をシラケさせるだけだった。

いい加減、この辺で止めにしておこうかとそう思ったとき。

「やだ、雨降ってきたぁ」

耳に飛び込んできた、女の甘ったるい声。

視線を手中のカードから声のした方に動かせば、小さな窓の横に立つ女の後ろ姿を見つけた。

彼女が先ほどの声の主と思って間違いないだろう。

表通りではなく裏の路地に面しているらしいその窓硝子《まどガラス》は、外の世界をそのまま映し出した闇色で、添えられた女の白い手とのコントラストが目を引く。

そのせいで一瞬遅れてしまったが、確かに窓硝子《まどガラス》には幾つもの水滴が不自然に付着していた。

しかも見ている端から、現在進行形で増えている。

「げっ、まじ？」

「なぁに、悟浄。傘持ってこなかったの？」

低く呟《つぶや》いた声を傍《かたわ》らにいた女が耳聡《みみざと》く聞き付け、椅子に腰掛けている悟浄の肩に、背もたれ越しに手を回してきた。

「何なら私の家に泊まってく？」

背後からしなだれるようにして、耳に直接言葉が吹き込まれる。

香水の甘い香りが鼻をつき、柔らかな髪が首筋に流れた。

悟浄が首を後ろに傾ければ、幾度かお相手願ったこともある見知った美貌。

「そうしよっかな」

「そうしなさい」

視線を絡《から》めるだけの無言の駆け引きの後の、どこかとぼけた悟浄の台詞《せりふ》に対し、念を押すように返した女が、艶《つや》やかに彩られた唇を笑みの形に引き上げる。

悟浄がその笑みに合わせたように椅子を引いて立ち上がると、細くて白い腕が当然のように絡《から》んできた。

「お、おい」

正面に座る男から、慌てて引き留めるような声が発せられる。

アルコールで赤く染まった顔には、存在を無視されたことに対する僅《わず》かの屈辱と、自分では手の届かない高嶺の花を連れて行く悟浄に対する、やっかみが滲《にじ》んでいる。

「何？」

「まだ勝負がついてないぞ」

「勝負？　んなモンとっくについてるぜ？」

男の取って付けたような台詞《せりふ》を鼻で笑うと、悟浄はカードを持ったままだった右手を横へと流した。

骨張った長い指から離れたカードが、布擦《ぬのず》れのような音を立てながら滑るように等間隔で机の上に並んでゆく。

「…ロイヤルストレート…？」

呆然と呟《つぶや》く男はそのままに、悟浄は横に立つ女と共に扉をくぐり店を後にした。

◆　◆　◆

「悟浄？」

訝《いぶか》しげに名を呼ばれ、次いで腕を軽く引っ張られた。

そこまでされて、ようやく自分の思考が宙に浮いていたことに悟浄は気付く。

「何？」

「何じゃないわよ。心ここにあらずで」

悟浄の表情を伺うように見上げてくる大きな瞳もその口調にも、少し責める響きが含まれている。

ぼうっとしていたのはほんの僅《わず》かな時間だというのに。

こういうとき、女という生き物のカンの良さを実感する。

この玲范《れいはん》は特に、だ。

「どこかに見とれるような美人でもいた？」

耳に馴染むメゾ・ソプラノは、残念なことに余韻を味わう間もなく雨音にかき消されていく。

「ただ、凄い雨だなって思ってただけ」

三日と空けずに通い詰め常連となっている酒場から出たとき、雨はまだ降り始めのごく細い糸のような物だった。

それが今では、叩きつけるような大粒の滴《しずく》に変わっている。

夜道を歩きだして数分しか経《た》ってないというのに、この急激な変化は記録ものだろう。

「確かに。これじゃあ、傘差してる意味なんてないわね」

悟浄を呪縛《じゅばく》していた視線を辺りに移して、玲范は小さく肩をすくめる。

だろ、と、短く相槌《あいづち》を打った悟浄が手にしている小降りの傘は、玲范の物だ。

もともと一人用として作られているところに、無理を承知で二人で入っているのだから、身体の端々《はしばし》が多少濡れるのは仕方のないことと分かっている。

だが、時折気まぐれに吹き付ける風と、それに乗って斜めに振り付ける雨は、正直予想以上だった。

心持ち傘を後ろに引いて、巨大な蛇口と化している空を悟浄は眺めた。

月も星もないせいか、いつもより闇がくすんで見える。

「どうしたの、悟浄?」

不意に足を止めた悟浄に、先程よりも怪訝《けげん》さを増した玲范の声がかけられる。

下げた悟浄の視線の先に、至近距離で長いまつげに縁取られた漆黒の瞳がある。

一瞬の逡巡《じゅんじゅん》。

多分、この雨は簡単には止まない。

夜が更けるにつれて、もっとずっと激しくなるだろうことが、簡単に予測出来る降り方だ。

「私の家、もう少しよ?」

「悪ィ」

いきなりそれまでの会話となんら繋がらない謝罪の言葉を述べられて、玲范がえっ?と言うように、瞳を見開く。

「急用思い出した。帰るわ、俺」

言うより早く、悟浄は持っていた傘を玲范の手に握らせて身を翻《ひるがえ》す。

が、しかし。

「ちょっと、悟浄。何なのいきなり?」

雨の中走りだす前に、羽織《はお》っていたジャケットの裾をしっかと玲范に握られ、動きを制されてしまう。

「この私の誘いを断って別の女のとこに行こうなんて、いい度胸じゃない?」

「帰るだけだって」

「ふーん。で、家にはどんな可愛い人が待ってるのかしら？」

紅《あか》く色どられた唇が、ゆっくりと弧を描いていく。

一見優美な笑顔に見えるが、その目は笑っていない。

信じてもらえないのは、日頃の行いのせいだろうか…。

「…それ、誤解。家にいるのは可愛くもないヤローです」

彼女の怒りが収まるようにとの願いを込めた悟浄の発言が、二人の間に短い沈黙を生みだした。

「男って…悟浄、宗旨変えしたのぉ？」

雨音に負けじとつんざくように響き渡った声に、悟浄の両肩が大袈裟なまでにがくりと落ちる。

「何でそうなるわけぇ？」

「なーんてね。冗談よ」

余りにあっさりと返され、一瞬とはいえ本気で落ち込んだ悟浄としては却《かえ》って立ち直れない。

玲苑にすれば、いきなりの予定変更の意趣返しのつもりだったのかもしれないが、それにしては強烈な一撃だった。

「………勘弁してくれ…」

その後、両肩どころか首まで力無く落とした悟浄に、慰めの言葉が掛けられることはなかった。

◆◆◆　　　　　　　◆◆◆

——どうかしている。


自分自身の行動を顧《かえり》みて、悟浄はそう思わずにはいられない。

日中、きちんと仕事をしている人間なら、そろそろ就寝するような時間。

痛みさえ感じるほど強く降りそそぐ、大粒の雨の中。

とびきりの美人のお誘いを断ってまで。

「なーんで、こんなことしてんだろーな」

ぼやく言葉とは裏腹に、忙《せわ》しなく動く足が止まることはない。

地面に足を降ろすたびに、勢いよく跳ね上がる泥水がズボンの裾を濡らしているのは確かだろうが、全身ずぶ濡れの状態ではさして気にもならなかった。

雨水が溜まってないところを選んで足を運ぶ余裕はないし、それ以前に家へ戻るためのこの道は、酷《ひど》く水捌《みずは》けが悪いのだ。

自然光も人工光もないため目で確認することはできないが、ちょっとした小川に近い状態になってるのかも知れない。

そう思わせるだけの、豪雨と呼ぶのが謙遜《けんそん》に感じるほどの雨。

そんな中、何を好き好んでか全力疾走しているのだから、全くもってどうかしているとしか言いようがない。

ただ、ふと思い出してしまったのだ。

勢いというか、成り行きで同居を始めてしまった、一見好青年で中身は相当食えない猪八戒《ちょはっかい》という男のことを。

『雨の夜』というのは、彼の中で重要な鍵の役目を担《にな》ってるらしい。

らしい、などと随分曖昧《あいまい》な表現になるが、そうとしか言いようがないのだ。

気軽に身の上話をするような性格でないのはお互い様で、八戒が自身のことを語ったのはたったの二回。

懺悔《ざんげ》にも似たその告白から推《お》し量《はか》れる内容といえば、『大事な姉を失って、その原因となった奴らを皆殺しにした』ということだけだ。

『だけ』という言葉でまとめるには少々重すぎる内容ではあるが、実際悟浄はそれしか知らないし、それ以上を知ろうとも思わない。

全く興味がないと言えば嘘になるが、少なくとも八戒が自ら話さない限り現状を変えるつもりはない。

だがその考えとは別の次元で、想像の翼という物は広がってゆくのだ。

八戒のささいな言動の変化で、なんとなく分かってしまうこともある。

多分、こんな雨の日だったのではないか?

八戒が、何よりも大切に思っていただろう人と、それまでの自分の両方を失ったのは。

だから『雨の夜』というのは、八戒にとって正気と狂気の境界線を越えるキーワードになり得るのではないか?……と。

「…だからってなぁ…」

その考えと今の行動に対し、苦笑とも自嘲《じちょう》ともつかない笑みを悟浄は浮かべる。

だからといって、自分が側《そば》に居ればどうにかなるなんて、そんな風に自惚《うぬぼ》れているつもりはない。

だとすれば、この行動の理由は何なのだろうか?

例えば、一夜を共にした女が翌朝隣で死んでいたとしても、自分に殺害の疑いがかからない限りどうでもいいし、すぐ忘れる。

なら、八戒が突然死んだとしたらどうだ？

あまり褒められたものではない例えを引用しての、自問。

答えは考えるまでもなく、瞬時に導き出された。

気になる。

多分、きっと。

そーとー、気にするだろう。

誰にも深入りせず、深入りさせず。

これまで我ながら、上手く生きてきたと思う。

だから、たまには例外というのもありだろう。

この馬鹿げた行動の理由は、つまりそういうこと。

そう結論を出すと、黒一色で構成された世界に、ようやく人工的な光が見えてくる。

目指す場所が近いことを確認して、悟浄は先を急いだ。

三

「あ、お帰りなさい」

そう微笑みと共に告げられても、悟浄には返す言葉がなかった。

正しくは呆れて物が言えないのだが、そんなことお構いなしに相手、猪八戒は一方的に会話を進めてゆく。

「今日は泊まりだと思ってましたけど？」

一応疑問文ではあるが、別に返事を強要しているわけでないことは分かった。

だから『俺だってそのつもりだった』と喉まで出かかった言葉を押し込めて、会話の流れにはそぐわない、でも今一番言わなければいけない言葉に差し替える。

「何でお前こんなトコにいるんだよっ？」

食ってかかるような悟浄の剣幕に、八戒がゆっくりと瞬《まばた》きをする。

ひょっとすると、何故怒鳴られたのか自覚がないのかも知れない。

確かに『こんなトコ』と言うほど、とんでもない場所ではない。

玄関から距離にして二メートル強。

歩幅にして、三歩といったところか。

普通なら八戒が立ってようが座ってようが、それこそ寝ていたとしても、全然構わない場所のはず。

そう、普段なら。

だが、生憎《あいにく》本日は大雨なのだ。

この場合、好き好んで濡れている八戒に疑問を投げかける自分の方が正常なはず。

「一体、何やってんだ？」

「特に何という訳ではないんですが…雨だなって」

「雨だなってなぁ…」

力が抜けたように、悟浄は項垂《うなだ》れた。

夜目にも目立つ紅《くれない》の髪は後ろで一つにまとめていたのだが、ここまでの強行軍と雨が災いして、伸ばしかけの中途半端な長さの横の髪が解け落ちてきた。

ぽたぽたと、紅《くれない》の髪から幾つもの滴《しずく》が、伝い落ちてゆく。

身につけている服も、濡れて肌に重く張り付いていた。

傘も差さずに走っていたのだから、これは当然の結果だ。

そして、目の前に立つ八戒も自分と同じような状態か、下手をすると悟浄以上に濡れている。

雨露をしのぐ家を背にしたまま、いつからここで雨に打たれていたのか。

溜め息の後に、掛ける言葉が続かない。

そんな悟浄の心情を察してか、八戒が視線を上に向けながら口を開いた。

「雨の夜って…なにか落ち着かなくて…」

そこまでは口にしても、何故心騒ぐのかというその原因を八戒は語らない。

だから悟浄も、薄々気が付いているそれを口にしたりはしない。

代わりに、どうでもいいことを口に乗せる。

「血が騒ぐのは満月の夜って、相場は決まってんだろ?」

「それもそうですね」

笑って、分かったような分からないような相槌《あいづち》を、八戒は返した。

かと思えば。

「僕、ちょっと頭冷やしてきますね」

いきなりそう言い置いて、悟浄の脇を通り過ぎようとする。

「おい」

反射的に掴《つか》んだ八戒の腕は芯まで冷えきっていて、体温を感じさせない。

「遅くなるかもしれないので、悟浄は先に寝ていて下さい」

穏やかな、それでいて反論を許さない笑みを浮かべられれば、掴《つか》んでいた手を離さない訳にはいかないだろう。

振り返りもせずに遠ざかる背中が、やがて闇に紛《まぎ》れるまで見送った悟浄は、一つ深い溜め息をこぼす。

頬に張り付いてきた髪を鬱陶《うっとう》しいとばかりにかき上げれば、指の間から絞ったように水滴が伝い落ちる。

「ったく、それ以上頭冷やしてどーすんだよ」

届かない呟《つぶや》き。

だからといって、このままここに立ち尽しているわけにもいかない。

悟浄は無人となった我が家へと入っていった。

◆　◆　◆　　◆　◆　◆

大木の幹に背を預けて、葉を伝い落ちてくる水の珠《たま》が雷光に照らし出されるのを、ただ眺めていた。

幾重にも重なる葉に阻《はば》まれているため根本付近までたどり着ける雨はまばらで、その貴重な一滴が、仰向《あおむ》けた八戒の頬に落ちてくる。

落ちてきた滴《しずく》は、予想に反して冷たいと感じなかった。

何故だろうと疑問に思うが、ずっと雨に打たれていたため、体温が雨と同じになっていたのかもしれない。

不意に、自分と同じくずぶ濡れだった悟浄のことが思い出された。

風邪など引かなければ良いがと、自分のことは棚に上げてそう思う。

それと同時に、少なからぬ罪悪感が八戒を襲う。

恐らく悟浄は気付いている。

八戒が雨の日が苦手だということ。

そしてその原因も。

ただ、口には出さないだけで。

そして自分はそれに甘えている。

こんな雨の中、悟浄がわざわざ戻ってきたのは自分の為ではないかと思う。

自惚《うぬぼ》れではなくて、悟浄という人物は基本的に優しいのだ。

そして一度は呼び止めておきながら、最後には八戒の好きなようさせてくれたことでも分かるように、それは決して押し付けがましいものではない。

都合のいい解釈と責められるかもしれないが、八戒は悟浄という人物をそう捕らえていた。

何度目かの深い溜め息が、意識せず漏れる。

自分はまた、自身のエゴの為に優しい人を犠牲にしている。

差し伸べられる手があると、縋《すが》らずにはいれない弱い自分。

――苦い自覚。

自覚があっても自己嫌悪しても、改善の兆《きざ》しが見えなければ意味がない。

自分自身を殺したくなるような、泥沼にはまりかけたそんな思考を、雨でない音が引き留めた。

それまで自分の呼吸と雨音と雷鳴以外存在しなかった世界に、ふいに聞こえた鳥の羽ばたきのような音。

しばらく感覚を耳に集中させて辺りを伺《うかが》ったが、何も聞こえてこない。

気のせいだったかと思ったとき、再び先刻よりはっきりと、ばさばさという音が耳に届いた。

何だろう？

罠に嵌《は》まり傷ついた鳥が、無理に飛ぼうともがいているかのような音。

好奇心を煽《あお》られて、八戒は木の幹に預けていた背を浮かせた。

音の方に向けて、一歩二歩と歩みを進めて行く。

その足取りは、目的もなくただ徘徊《はいかい》する夢遊病患者のような、どこか頼りないものだった。

# 第2章

SAIYUKI

一

どくどく、と。

鼓動が頭の中に直接響いている。

心臓が脳に移動したかのような、大音響。

先程まで耳について眠ることが出来なかった激しい雨音さえ、自身の奏《かな》でる心音に呑《の》み込《こ》まれて行く。

子供一人が身体を小さく丸めて、ようやく一人入れるか否かの、こじんまりとした祠《ほこら》の中。

皆で隠れ鬼をするときの自分の特等席で膝《ひざ》を抱えていると、獣の断末魔のような咆哮《ほうこう》が耳に届いた。

でも、違う。動物なんかではない。

あれは人間《ひと》の――。

どうして、何でこんなことになったのだろう?
いつもと同じ夜のはずだった。
夕食の支度をしている母親と共に、父親の帰りを待っていた。
皆で食事をして、今日一日の出来事を話して。
眠って目覚めて、また一日を始める。
そんな平凡な日常を繰り返すはずだった。
それなのに――。
思い出された光景が、信じられない。
瞬《まばた》きをすると、辛《かろ》うじて目の淵に溜まっていた涙が耐え切れず頬に流れる。
釣られるように漏れそうになった嗚咽《おえつ》だけは、辛《かろ》うじて呑《の》み込《こ》んだ。
今一言でも声を出したら、きっと悲鳴になる。
そうしたら、あれに気付かれてしまう。
見つかったら、殺される。
自分を逃がしてくれた、両親のように。
この祠《ほこら》に逃げ込むまでに目にした、何人もの村人のように。
膝《ひざ》を抱えた腕が震える。

怖い、怖い、怖い――。

バシャと、雨音とは違う不自然な水音が耳に届いた。

途端に鼓動が飛び上がる。

バシャバシャと、一定の間隔で耳に届くこれは足音だろうか？

何か重いものを引きずるような音が重なるそれは、だんだんとこちらに近づいて来ている。

上昇し続ける鼓動をさらに跳ね上げるように、目の前の板と板の繋《つ》ぎ目から、目に眩《まぶ》しい白光が漏れ入ってくる。

殆《ほとん》ど間をおかず、全ての音をかき消す雷鳴が轟《とどろ》いだ。

轟音が振動となり、小さな祠《ほこら》の板の一枚一枚を小刻みに揺らした。

その揺れのせいで、鍵などとうに壊れてしまっている観音開きの扉がずれ、透き間が生じる。

長く尾を引きながら小さくなってゆく雷鳴に雨音が取って代わると、水を蹴り上げるような足音はもうすぐそこで聞こえていた。

扉を閉めなければ見つかるかも知れない。

でも、恐怖で身体が硬直して動かない。

もしかすると、扉を閉める音で気付かれてしまうかもしれない。

指一本さえ通らないだろう透き間の奥に広がる闇の世界を見つめながら、考えが堂々巡りを繰り返す。

再び、白光と轟音が世界を覆《おお》う。

同時に心臓が凍結する。

時間にすればほんの一瞬だが、網膜にまで焼き付いてしまった光景。

ぴくりとも動かなくなった人間の腕を掴《つか》み、引きずり歩くその横顔。

鬼のような形相を思い描いていたが、底の無い湖を思わせる深く暗い瞳はどこかうつろで、視点が定まっていない。

白光と轟音が収まれば、また世界は一面の闇に塗り替えられた。

自然と、役に立たなくなった視力の変わりに神経が耳に集中し、全身が緊張に強《こわ》ばる。

ほんの目と鼻の先にいるのだ。

村人を皆殺しにした存在。

日常を壊したその張本人が。

目の前を通過してしまえば、ゆっくりとも言える足音は、だんだんと少しずつ小さくなっていく。

恐怖とも憤《いきどお》りとも付かない感情を持て余し、唇をきつく噛《か》み締《し》めながら耳をすましていると、雨音にまぎれて声が聞こえてきた。
離れつつある足音と雨音が追い打ちをかけて、よく聞き取れない
なんだろう。
何か…呟《つぶや》いている？

『……か…なん…』

とぎれとぎれに聞こえる感情の無い呟《つぶや》きは、ぞっとするほどうつろなもの。
だがその反面、一心に祈るような声音《こわね》にも聞こえた。

二

何段あるのか数える気さえ起こらない長い階段を半《なか》ば以上昇《のぼ》った三蔵《さんぞう》は、風を感じてふ

と振り返った。

風の吹いてきた方を追うように視線を流したので、自然と見据える先は空となる。

ほんの数時間前までの豪雨が嘘に思えるほどに、抜けるように青い空。

昨夜、我が物顔で空を占領していた雨雲の替わりに、青い色が透けるほどに薄い雲が切れ切れにかかっている。

雨の夜は好きではない。

だが一夜明けた後の、全てを洗い流したような清涼感は、嫌いではない。

「三蔵様!」

思考を遮《さえぎ》るように段上から名を呼ばれ仕方なく見上げると、階段の最上で法衣を身にまとった若い僧がこちらを見下ろしていた。

「お待ちしておりました。三仏神様《さんぶつしんさま》がお待ちです!」

張り上げるような声が、言外に早くと急き立てている。

まだ双方の間にそれなりの距離があることに気を使い、聞き取りやすいようにと声を大きくしているのだろうが、遮《さえぎ》る物のないこの場所ではその努力は不必要なものだと、気付いてほしい。

そう相手に告げるのも面倒だが、また頭に響く声を掛けられるのも願い下げなので、三蔵は残った階段を昇《のぼ》り始める。

出来ることなら踵《きびす》を返し階段を降りたいところだが、『三蔵』という肩書の元にこの寺院に身を置いて居る以上、三仏神からの呼び出しを無視する訳にはいかない。

元から三蔵に選択権はないのだ。

最上まで昇《のぼ》り切ると先程声を掛けてきた僧が出迎えるように駆け寄ってきたが、三蔵は彼を一瞥《いちべつ》することもなく、豪奢《ごうしゃ》な建物に目を据えた。

「…あの…三蔵様…?」

ここまで来ておきながらなかなか先に進もうとしない三蔵に、遠慮がちに、だが不審そうな声が掛けられる。

「三仏神様が…」

続けられるはずの言葉は、三蔵の視線により遮《さえぎ》られた。

ようやく奥にむけて足を踏み出した三蔵に、若い僧は軽く頭を下げて無言で見送ることにする。

年若い末端の僧にでさえ、神の座に近き者の証しである深紅の印を持つ最高僧の人となりは知れ渡っていた。

僧侶という身分でありながら不謹慎かもしれないが、彼の現在の心境は正に『触らぬ神にたたり無し』だった。

◆　◆　◆

両側を重厚な壁に守られた回廊を通り、三蔵は目的の場所へと向かっていた。

左右には等間隔で朱色の柱が並んでおり、その上下には精巧な装飾もなされている。

この斜陽殿《しゃようでん》だけではなく寺院全体が、三蔵からすれば過剰とも思えるほど装飾にまみれていた。

神は、確かに存在する。

現にこれから会わなければならない三仏神は、類別するなら神の領域に入るだろう。

そして天上界には、彼らより更に上位の神々も存在している。

それは否定のしようがないこと。

だが三蔵は、神仏《しんぶつ》というものの存在は認めていても、その万能性までは認めていない。

人間、妖怪、動物、植物。

それらと同じように『神仏《しんぶつ》』という種族があるだけだ。

確かに他の種族より秀《ひい》でている面はあるだろうが、それでも万能ではないはず。

それなのに、無理をして万能に見せようとしている。

だから、真実と幻想の間に大きな歪《ゆが》みが生まれるのだ。

三蔵にはこの過剰な装飾が、歪《ゆが》みや溝を埋めるための悪あがきの手段の一つにしか思えない。

それとも、この桃源郷《とうげんきょう》に住まう者が、『神は万能な存在』だと思いたがっているのだろうか？

そうかもしれない、と思ったところで、三蔵の歩みが止まる。

長い回廊の突き当たり。

目の前の過剰と言うより異常と言った方が正しく思えるほど重々しい扉が、三蔵の目的の場所だった。

ここに呼び出されるのは、決まって何かしらのやっかいごとが起こったときだ。

それを解決すべく命を受け、任を果たした後再び報告にここを訪れる。

前回この扉の前に立ったのはいつだろうか。

ここ最近のやっかいごとを反芻《はんすう》して、一人の人物に思い当たった。

三蔵自身余り信じてはいなかった『千の妖怪の血を浴びた人間は妖怪になれる』という言い伝えの具現者《ぐげんしゃ》。

あれもやっかいと言えばやっかいな事件だった。

いや、過去形で言うのは正しくはない。

対外的には、事件は解決している。

だが、三蔵の中に生まれた疑問は依然として残ったままだ。

大ざっぱな身体的特徴しか与えずに、ただの大量殺人者を追えとの命を受けたときに感じた疑問。

今考えても何か含みがあったとしか思えないが、三仏神に直接尋ねたところで答えが返って来るとは考えにくい。

だから、その『何か』が何なのか、今だに分からないままだ。

分かることと言えばただ一つ。

大体の想像は付くが、今回命じられるのも『やっかいごと』以外の何物でもないだろうこと。

扉に手を添えた三蔵は意識してゆっくりと息を吸い、それと同じ量を吐き出す。

『神』と呼ばれる者と対面する緊張からではなく、どこかあきらめに近い動作。

奪われた光明三蔵《こうみょうさんぞう》の形見とも言える、聖天経文《せいてんきょうもん》の行方《ゆくえ》。

その情報を得るためにこの寺院で『三蔵』として存在することを決めた日から、これが自分の役割。

割り切るように、三蔵は扉に添えた手に力を込める。

「北方天帝使《ほっぽうてんていし》玄奘三蔵《げんじょうさんぞう》、参上致しました」

三

釈然《しゃくぜん》としないものを抱えたまま三蔵が斜陽殿から戻ると、寺院内は騒然とした雰囲気に包まれていた。

慌ただしく走り去ってゆく者。

硬い表情で額を寄せ合うように会話している者。

普段清閑《せいかん》としているだけに、その差は嫌でも目に付く。

それでも、この数日間で三回も繰り返されている光景なので、何事かと思うより先にまたかと思う。

原因は分かっている。

――大量虐殺。

寺院から北東に六十キロほど離れた村が被害にあったのが六日前。

北東方面は、気候のせいもあり余り開けた土地ではない。

大規模な商業都市などは皆無で、二、三十世帯単位の小さな村がひっそりと点在しているようなところだ。

皮肉なことだが、だからこそ出来たとしかいいようがない。

村の老若男女、総勢七十人全員を殺害するなどという惨事《さんじ》は。

外から村を訪れる者が極端に少ないことが災いして、その事実が発覚したのは三日も過ぎた後だった。

そしてその情報が寺院に届いた夜、こちらの不手際をあざ笑うかのように第二の大量虐殺が起こる。

その情報は、翌日の昼過ぎには寺院へと届けられた。

連絡時間短縮の理由は至極簡単で、なおかつ、ある一つの可能性を提示するものでもあった。

第二の事件が起こった場所が、最初の場所よりずっと開けていて、寺院に近かったためだ。

寺院に近いということは、取りも直さず都に、長安《ちょうあん》に近いということになる。

無論これだけの乏《とぼ》しい情報で結論を出すのは早急なことと誰もが分かっていた。

だが、それでも考えずにはいられない。

大量虐殺を行っている者の目指す先は、もしかしたらこの長安ではないのかと。

もう一度、改めて確認するかのように、三蔵は寺院内を慌ただしく動き回る僧侶たちを見やる。

この騒ぎ。

三蔵が斜陽殿に赴《おもむ》いている間に、第三の大量虐殺の報がもたらされたのは間違いないだろう。

しかも僧侶たちの、これまでにない浮足立ったような騒ぎから察するに、前回にましてこの長安に近い場所で起こったに違いない。

「三蔵様!」

三蔵に気が付いた一人の僧侶が、悲鳴に近いかん高い声を発しながら駆け寄ってきた。

「三蔵様、実は先程…」

色というものをなくした面持ちで、慌ただしく説明を始める男の台詞《せりふ》を、軽く手を上げることで三蔵は遮《さえぎ》った。

とてもじゃないが、分かり切ってることの説明を最初から聞いてやるような気分ではない。

「今度はどこだ？」

必要事項を自分から問いかける。

これが一番てっとり早い。

「はい、それがここよりわずか五キロしか離れていない場所でして…」

返ってきた、予想に違《たが》わぬ答え。

「いかがいたしましょうか？」

自分の倍に近い年を重ねているはずの男が指示を仰《あお》いでくるのを、呆れたように三蔵は見返した。

何を今更、と。

過去二回のときと同じように遺体の身元を調べ、遠方に親族がいるなら知らせる。

引き取り手のない遺体についてはここで葬儀を出すのでその準備。

そしてその傍《かたわ》ら、加害者を捜し出す。

やることは全て、決まっているというのに。

三蔵の視線の語る所を感じ取った男は、慌てて『そうではなくて』と言い置いて、先を続けた。

「次に襲われるのはこの長安…この寺院かもしれません」

語る男の顔は滑稽《こっけい》なほどに真剣で、三蔵の目に浮かんだ蔑《さげす》みの色にも気付いてはいないようだ。

この男だけでなく、慌ただしく動き回る大半の者が同じように考えていることだろう。

この数日の加害者捜しなど、殆《ほとん》ど形だけのものだった。

だが、対岸の火事と半《なか》ば傍観《ぼうかん》を決めていたところにいきなり火の粉が飛んできて、今や延焼《えんしょう》の恐れさえあるのだ。

こうなれば、真剣にならざるを得ないといったところだろう。

黙ったままの三蔵を不審に思ってもそう口に出すわけにもいかず、男は救いを別の方面へと求める。

「あの、三仏神様はなんと…」

男の問いに、忘れてかけていた釈然《しゃくぜん》としない思いが再び三蔵の中に沸き上がってきた。

タイミングを見計らったかのように三仏神が三蔵が呼び出したのは、この件に関する対処法を伝えるためと、男はそう思ったのだろう。

それゆえの、問い。

実のところ、三蔵自身も今回の呼び出しはこの二度続いている大量虐殺の件だと考えていた。

だが……。

「生憎《あいにく》だが、俺が呼ばれたのは別件でだ」

「では、我々は…?」

死を宣告されたような悲愴《ひそう》な表情は、いい加減煩わしい。

「自分の身が大事なら、加害者を見つけて拘束《こうそく》しろ。そうすれば、大量虐殺など起こらない」

口にするのは容易《たやす》いが、実際行うとなればそう簡単には行かないことは承知のうえで、切り捨てるように三蔵は告げた。

「三蔵様っ」

どこか縋《すが》る響きを含む呼びかけを無視して、三蔵は止めていた歩みを進める。

他人の他力本願のツケにまで構ってなどいられない。

自分たちのことは、自分たちでなんとかすればいい。

◆　◆　◆

忙《せわ》しなく立ち回る僧たちの間をくぐり抜け自室の前へと辿《たど》り着《つ》く。

少しうつむき加減の態勢のまま、慣れた動作で三蔵は扉を押し開いた。

室内に入ろうとして、そこで不自然に動きが止まる。

視界に入ってきたのは、三蔵の腰と同じ高さにある、栗色よりももっと淡い鼈甲《べっこう》のような色の髪。

じっとこちらを見上げてくる子供特有の大きな目も、同じ色をしていた。

三蔵の自室であるこの部屋には、成り行きで手元においている子供というか子猿がいるのだが、彼ではない。

一瞬、部屋を間違えたのかと、そう思う。

しかし、視線を少し上向け辺りに巡らせれば、そこはよく見知った自分の部屋以外の何処でもない。

もう一度、確認のため視線を下げる。

やはり、こちらも見まちがいでも幻でもない。

「誰だ？」

三蔵は目の前に佇《たたず》む、この場にいるはずのない少年に短く問いかけた。

三蔵自身にそのつもりはなくとも、お世辞にも目付きがいいとは言えない紫暗《しあん》に正面から見据えられれば、大抵の人間は臆《おく》してしまう。

一見して十歳に満たないだろうことが分かる少年ならなおのことで、蛇に睨《にら》まれた蛙《かえる》のごとく身じろぎ一つ出来ずに固まってしまっている。

見上げる視線と見下ろす視線が、十数秒もの間意味も無くただ絡《からま》る。

「あ、三蔵。おかえりー」

緊迫感さえ漂い始めたその空間を打破したのは、振って湧いた能天気なその一言。

同時に二つの視線が勢いよく向けられたことなどおかまいなく、両手に一つずつ林檎《りんご》を持った悟空《ごくう》が部屋の奥の扉から出てくる。

三蔵が短く息を吐き出し、立ち尽くしたままの少年の脇を通って室内へと入った。

支えていた三蔵の手が離れると、扉は音も無くゆっくりと閉まり、作り出された閉鎖空間に三者三様の気が漂《ただよ》う。

最初に動いたのは三蔵だった。

「悟空」

「何、三蔵？」

見様によっては怒っているともとれる無表情で迫ってくる三蔵の呼びかけに、悟空はキョトンとして答える。

「何だ、これは？」

「これ？」

三蔵の示す『これ』が意味するものの見当が付かない悟空は、首をかしげて問いを問いで返した。

その鈍さに半《なか》ば呆れながらも、三蔵は悟空にも分かるように無言で背後に立つ少年を指さした。

その動作に、ようやく納得がいったとばかりに頷《うなず》いた悟空は、

「中庭の辺りうろついてたから、連れてきた」

と、実際の年齢以上に幼く見える顔に満面の笑みを浮かべて言い切った。

三蔵は、気のせいだけではすまない頭痛に耐えるようにこめかみに軽く手を添えて、声に出して溜め息を付く。

犬猫を連れ込むのとは訳が違うのだと言って、理解するだろうか？　この子猿は。

無邪気に言い放ってくれたが、一歩間違えれば人さらいという立派な犯罪行為だ。

拘《かか》わりたくないという思いは、その後の三蔵の行動に素直に現れた。お子様二人の存在など最初から見なかったことにして、自分のやるべきことに手を付け始める。

部屋の端に取り付けられている棚まで赴《おもむ》き、その引き出しから愛用の小銃を取り出す。定期的に手入れはしているものの、流石《さすが》に寺院内では持つ機会も使用する機会も皆無に等しいので、持ち出すときには毎回調整するようにしている。

しばらくその姿を眺めていた悟空は、両手に持ったままだった林檎《りんご》の存在を思い出し、少年へと駆け寄って行く。

「ほら」

三蔵がこの部屋に足を踏み入れてから一歩も動こうとしない少年の前に立つと、悟空は林檎《りんご》を持ったままの右手をずいっと差し出した。

少年は悟空と林檎《りんご》の間で視線を動かすが、受け取ろうとはしない。

「ほら！」

その行動に早くも焦《じ》れた悟空は、押しやるように更に腕を差し伸ばす。

ほとんど胸に付くか付かないかというところまで林檎《りんご》を突き付けられた少年は、ためらいながらもそれを受け取る。

自分より一回りは小さい両手が抱えるように林檎《りんご》を持ったことに満足した悟空は、左手に持っていた自分の分の林檎《りんご》にかぶりつく。

口内に広がる甘みと僅《わず》かの酸味に、自然と至福の表情が浮かぶ。

咀嚼《そしゃく》し呑《の》み込《こ》むという単調なその行動を二、三回繰り返したところで、悟空は目の前の少年が途方に暮れたように林檎《りんご》を抱えたままなのに気付く。

「美味《うま》いから食ってみろよ」

悟空の言葉と、期待さえ浮かべてじっと見つめてくる視線に促《うなが》されて、少年はおずおずと林檎《りんご》を口元まで持ち上げた。

シャリッと、小さな音が生まれる。

少年の喉《のど》が小さく上下したのを確認してから、悟空はにかっと底抜けに明るい笑顔を見せた。

「な、美味《うま》いだろ」

そう言って、自身も再び林檎《りんご》をほお張る。

銃の微調整をしながら彼らの行動を伺《うかが》い見ていた三蔵は、その光景に奇妙な違和感を覚えた。

悟空が煩《うるさ》いのはいつものことだ。

今など、常に比べれば静かな方と言える。

それは何故か？

相手の少年が、静かだからだ。

まだ、一言も言葉を発していないどころか、ほんの僅《わず》かの行動さえ、悟空に促《うなが》されて行っているに過ぎない。

内気だの人見知りだのという言葉は存在するが、そんな言葉では納得出来ない何かを三蔵は感じていた。

どこからか紛《まぎ》れ込《こ》んだか、そうでなければ親についてきてはぐれたか。

少年が寺院にいる理由はそんなところだろうと考えていたが、それにしては少年の態度はおかしいような気がする。

何だ？

引っ掛かっている『何か』を探すため、小銃をいじっていた手を止めて三蔵は少年を見やる。

林檎《りんご》を持ったままの少年の視線は、四方に泳いでいる。

物珍しさや好奇心からというより、何かを警戒しているような、子供らしからぬその仕草。

さ迷っていた視線が三蔵のそれと正面からかち合うと、叱《しか》られた子供のように首を竦《すく》めて視線をそらす。

三蔵が問いかけを口に乗せようとするより早く、向こう側から扉を叩く音がした。

それは決して大きな荒々しい音ではなかった。

だと言うのに、少年の肩が雷に打たれたかのように震え、一口しかかじっていない林檎《りんご》が少年の手を離れて床に転がる。

その瞬間『何か』が何なのか、分かった。

三蔵が扉を開けたとき、大きな目一杯に浮かんでいた感情。

異常なまでの過剰な反応の根底にあるもの。

それは、脅《おび》え、だ。

この少年は恐慌状態にこそ落ちいってないが、酷《ひど》く脅《おび》えている。

コンコン、と。

内側からの反応が無いからか再度扉が叩かれ、三蔵を呼ぶ声がその後に続いた。

三蔵が室内にいることを承知のうえでの呼びかけを無視するわけにもいかないし、そのつもりもない。

だから一瞬の逡巡《しゅんじゅん》は、扉の向こうの人間をここまでこさせるか、それとも自分が扉まで出向くかを決める為のもの。

普段の三蔵なら迷う事なく前者なのだが、小動物そのものの脅《おび》えを見せる少年が、不本意ながら選択肢を増やさせている。

結局、自ら赴《おもむ》くという数年に一度あるかないかの行動を選んだ。

扉を表情が伺《うかが》える程度に押し開けば、向こう側にいた三蔵とそう変わらぬだろう年若い僧侶が露骨に驚いた表情をその顔いっぱいに浮かべた。

「何だ?」

不機嫌さを滲《にじ》ませた三蔵の問いにようやく我に返った若い僧は、歯切れ悪く用件を口にし始めた。

「いえ、その…実は、人を…捜していまして…。まさかとは思ったのですが、もしかしたら…と考えまして…三蔵様にもお伺《うかが》い…」

溜め息で、三蔵は若い僧の言葉を遮《さえぎ》る。

要領を得ないその話し方に対し文句の一つも言いたいところだが、今はあえて呑《の》み込《こ》んだ。

それより、なにより。

「人を捜してる、と言ったな?」

「あ、はい」

「それはこれか？」

扉に添えていた手に力を込めて大きく開くと、中を見せるように三蔵は立ち位置を僅《わず》かに変えた。

そうされたことで、今までは扉と三蔵の後ろで見えなかった二人の人物が若い僧の視界に入る。

一方は、一日最低一回は厄介事《やっかいごと》を引き起こす見慣れた子供。

そして、もう一方は…。

「い、いたぁー！　いましたぁーっ！」

張り上げられたその声は、三蔵が扉を開けたことを後悔するに十分過ぎるほどの大音声だった。

◆　◆　◆　　　　　◆　◆　◆

二十人。

ほんの少し前に三蔵の目の前で発せられた叫びは、瞬時にこれだけの人数を呼び寄せる結果を導き出した。

どちらかと言えば広い部類に入るだろう三蔵の自室だが、大の男が二十人も集っているせいで、今は狭くさえ感じる。

椅子に腰掛けている三蔵。その横に立つ悟空。そして悟空の半歩後に立つ少年。

この三人を、机を隔《へだ》てて半円を描くように取り囲んでいる僧たちは、皆一様に安堵《あんど》の表情を浮かべていた。

「本当に見つかって良かった」

半円の中心部。

ちょうど机を挟んで三蔵の正面に立つ奉安《ほうあん》という僧が、一同を代表するように述べる。

老境に入ってなお鋭さを失わない眼光の持ち主で、綺麗に剃《そ》られた頭髪の変わりとでもいうように伸ばされた白く長い顎髭《あごひげ》が、否応《いやおう》にも威厳を感じさせる。

しかし、三蔵が彼に感じるのは反発だけで、余り拘《かか》わりたい相手ではない。

戒律規律《かいりつきりつ》を順守することに何よりも重きをおく、僧侶の手本とも言えるこの男に、嫌み半分で行動を諌《いさ》められたことは一度や二度ではない。

「急に姿が見えなくなったので、皆で手分けして捜していたのです。まさか三蔵様が保護していて下さったとは…」

必死で捜していたということは、先程耳元で怒鳴られた言葉から、嫌になるくらい理解出来ていた。

三蔵が知りたいのは、この少年を捜すのに彼らがそこまで必死になった理由だ。

急に姿が見えなくなった原因が自分の傍《かたわ》らに立つ悟空だということは告げずに、正面に位置する奉安に問いだけを向けた。

「この子供はなんなんだ？」

「昨夜襲われた村の、唯一の生存者です。小さな祠《ほこら》のようなところに身を隠していたため助かったようです」

この言葉に、三蔵の中で二つの疑問が同時に解決した。

大量虐殺の生き残りということは、その鼈甲色《べっこういろ》の大きな目で近しい人が殺されて行く様を見たということだ。

更に自身も、命の危険に晒《さら》された。

そう考えれば過剰な警戒心も脅《おび》えも、当然のことだろう。

そして、殺害者の顔も見ている。

それが、僧たちがこの少年を目の色を変えてまで捜していた理由。

悠長に構えている間に、殺戮者《さつりくしゃ》のナイフは自分たちの喉元《のどもと》近くに迫っていたのだ。

一刻もはやく罪人として捕らえなければ、自身の身も危ない。

そのためには、どんな些細《ささい》なことでもいいから手掛かりがほしい。

しかし…。

三蔵は、悟空の後ろに隠れるようにして立つ少年に視線を向ける。

「それで、何か聞きだせたのか?」

「いえ。それが何を尋ねても一言も…」

おそらく精神的ショックが大きく、声が出せなくなったのだろう。

「とにかくもう一度…いえ何度でも聞いてみますので」

そう言って、奉安は少年の近くにいた僧に目で合図を送る。

向けられた視線の意味を受け取り軽くうなずいた男は、悟空の脇を通り少年の細い腕を掴《つか》むと、自身の方へと引き寄せた。

急に引っ張られた少年は、がくんと体勢を崩す。

待ち構える腕の中に倒れ込む直前、少年の目が悟空を捕らえた。

先に伸ばされたのは悟空の腕か、それとも少年の腕か。

一瞬のことだったので、どちらが先かは分からない。

それでも。

「離せよ！」

しっかりと少年の腕を掴《つか》んだ悟空が、もう一方の腕を掴《つか》む相手を睨《にら》む。

その眼光に気圧《けお》されはしたが、それでも男は腕を解放しようとはしない。

「離せって言ってんだろっ！」

全身で譲らないことを意思表示している悟空をどう扱ってよいものか分からない男は、困り果てた視線を三蔵に送る。

この寺院内に、悟空を御《ぎょ》せるのは三蔵しかいないのだ。

「三蔵様」

「三蔵っ」

弱り切った声と吠えるような声が、同時にこの場の決定権を持つ人物の名を呼ぶ。

一瞬の沈黙。

「その子供は悟空に任せる」

思案するように目を伏せていた三蔵が、そのまま告げた。

その決定に、二十のざわめきが起こる。

「ですが、手掛かりを聞き出せなければ…」

ゆっくりと開かれた紫暗《しあん》の目が、一番声高に不平を述べていた人物に据えられた。

「お前らじゃ何年かかっても聞き出せない」

淡々とした声には切り捨てる強さが含まれていて、それが辺りに水を打ったような沈黙を招く。

「…分かりました…。では、代わりに容疑者と思われる人物を寺院に連行したく思うのですが、それはよろしいですか？」

「手掛かりは皆無じゃないのか？」

奉安の突然の申し出に、三蔵が僅《わず》かに眉を寄せる。

そんな情報は、自分の手元に届いていない。

「手掛かりはありません。が、大量虐殺を犯しそうな人物の心当たりはあります」

「誰だ？」

「三蔵様。貴方も御存じでしょう？」

含みを込めたいやらしい笑みが、三蔵のカンに触る。

「猪悟能《ちょごのう》…今は八戒《はっかい》と名を改めていましたか」

「ちょっと待った！　なんでそこに八戒の名前が出るんだよっ？」

途中から、その名が出て来るだろうことを予想していた三蔵は眉一つ動かさなかったが、代わりに悟空が今にもつかみ掛かりそうな剣幕で声を荒げる。

そんな悟空にではなく正面の三蔵に視線を合わせて、奉安は言葉を続ける。

「被害者の大半は鋭い刃物で切りつけられているか、もしくは刺されています。この殺害方法は人間でも可能です。しかし稀《まれ》に大型の肉食獣に食いちぎられたか、引き裂かれでもしたような遺体もあります。そんな殺し方が出来るのは妖怪だけでしょう?」

最後の一言を口にするとき、視線が三蔵から悟空の方へと移された。

薄く笑うように細められた目が、悟空を挑発する。

「…っでも、なんでそれで八戒になんだっ?」

「確かに今の論法に当て嵌《は》めれば、全ての妖怪に疑惑を持たなければならないでしょう。しかし、猪八戒《ちょはっかい》には前科があります。ほんの数か月前、彼はここに大量の妖怪を殺した罪で連れて来られたばかりです」

問いかけているのは悟空なのに、あくまで奉安は三蔵の方を向き、三蔵に告げる姿勢を崩さない。

「んなの、理由になんねーよっ!」

「判断するのはお前じゃない。三蔵様だ」

ちらっと悟空に目を向けてから、改めて、男は三蔵に視線を合わせた。

その目には、三蔵がどんな答えを返すかという暗い期待が見え隠れしている。

その場の全員の視線が、三蔵ただ一人に集中した。

「…いいだろう」

「三蔵っ？　何言ってんだよ！」

悟空の金の目が、満月さながらに見開かれる。

自身の意見が受け入れられたことに満足の笑みを浮かべ、軽く頭を下げようとした奉安に『ただし』と三蔵は言葉を続けた。

「八戒を連れて来るのは三日後だ」

「何故ですか？」

「三仏神の命で俺は二、三日留守にする」

「それは今回の事件とは別件だとききましたが」

斜陽殿から戻ったときに別の僧と交わした会話は、もう奉安の耳に届いているらしい。

「任務自体は別件になるが、全く関係してないわけでもなさそうだ」

「…分かりました。では三日のうちに他の容疑者が見つからないときは、猪八戒を連行します」

軽く頭をさげ、その態勢のまま上目遣《うわめづか》いで念を押すと、奉安は三蔵の返事を待つことなく部屋を出て行く。

やり取りをただ唖然《あぜん》と眺めていた僧たちも、慌ててその後に続いた。

◆　◆　◆　　　　　　　　◆　◆　◆

「んだよ、あいつら」

ようやく通常に近い人口密度に戻った室内で、それまで感じていた息苦しさを振り払うように一度大きく深呼吸してから、悟空は不満を隠さずに吐き出した。

「八戒なわけないじゃん」

言い切った視線で、三蔵に同意を求める。

「八戒であって八戒でない奴の仕業《しわざ》、という可能性はあるがな」

「……何それ？　どーゆー意味？」

三蔵の言葉は期待していたものと違うどころか、それがなにを意味するかさえ、悟空には分からない。

首を捻《ひね》るようにして尋ねれば。

「分からんでいい」

と、一蹴《いっしゅう》された。

三蔵は、よく悟空の知らない単語を使ったり理解不可能な言葉を発したりする。

意味を聞き出そうと食い下がった場合、当然のことながら教えてもらえるか教えてもらえないかという二つの場面に転ずる。

『分からんでいい』ではとてもじゃないが納得出来ない。

だが、食い下がったとしても今回は教えてもらえないような気がする。

だから、無駄な問いは呑《の》み込《こ》んで、結論だけを口にする。

「それってつまり、八戒じゃあないってことだよな」

「…まぁな」

三蔵が短く答えれば、ほっと悟空の両肩から力が抜けた。

それだけが確かならば、あとはどうでもいいことがありありと伺《うかが》える仕草。

だが、あの堅物共《かたぶつども》はこんな理屈では納得しないだろう。

いっそ皆が皆、悟空のような思考回路だったら楽だったろうかと考えて、三蔵は即座に否定する。

自分自身の想像にうんざりして、我ながら怖いことを考えたものだと思わずにはいられない。

こんなに騒がしい存在は、一匹で十分だ。

「それより、いい加減放してやれ」

三蔵の言葉に『何を？』と考えて、ようやく悟空は少年の腕を掴《つか》んだままだったことに気が付いた。

「うっわ、ごめん」

腕を解放するより早く謝るのは、先程僧たちに向けて幾度か叫んだとき、知らずに力を込めていただろう自覚から。

実際あまり日に焼けていない肌に、悟空の指の形が赤くはっきりと残されていた。

痛々しくさえ見えるそれを目の当たりにして、もう一度悟空は小さく『ごめん』と呟《つぶや》く。

すると、それまで殆《ほとん》ど無反応に近かった少年が僅《わず》かに首を振った。
一、二度、金の目を瞬《まばた》いてから、悟空は大きな鼈甲色《べっこういろ》の目を覗《のぞ》き込《こ》む。
「痛くねぇ？」

確認するように尋ねれば、こくんと小さく頷《うなず》いた。

悟空の言葉と気持ちは通じている。

言葉ではないけど、返ってくるものがある。

それが妙にうれしくて、へへへ、と悟空は照れたような笑みを浮かべる。

その様子を眺めていた三蔵は、調整の終わった銃をいつでも取り出せるよう着物の合わせに仕舞い込んで立ち上がった。

「しっかり面倒みてろよ」

そう言って横を通り過ぎて行く三蔵に、悟空は慌てて声をかける。

「って、どこ行くんだよ三蔵」

「二、三日留守にすると言っただろ」

「俺も行く！」

既に扉に手を掛けている三蔵の後を追うように踏み出しかけた足は、三蔵の声に止められる。

「そいつはどうすんだ？」

三蔵のその言葉に、首を後ろに捻《ひね》って少年を見れば、ただ真っすぐに見つめてくる瞳と正面からかち合う。

彼をここに一人置いてゆくわけにはいかない。

そんなことすれば先程の僧たちが喜んで彼を引き取るだろう。

だからといって、一緒に連れ回すわけにもいかない。

どうすればいいか分からないと、悟空はぎこちなく三蔵の方に視線を戻す。

「そいつの腕を取ったのはお前だ。なら、最後まで責任とれ」

一言一言を押し出すようにして、三蔵は告げた。

自分の手を取ってくれた三蔵にそんなふうに言われれば、悟空に反論の余地はない。

三蔵は自身の発した言葉の効力を見届けてから、扉を人一人通れる分だけ押し開ける。

悟空はおとなしくその後ろ姿を見送った。

# 第3章

一

等間隔で立ち並ぶ、見事な楓《かえで》の木々。

そのうちの一本が風も無いのにざわめき、紅《あか》く色付いた葉をはらはらと落としてゆく。

きょろきょろと辺りをうかがっていた悟空《ごくう》はそれを目にして、確信めいた笑みを浮かべた。

まだ宙を舞っている紅《あか》を目印にその木の根本まで駆け寄ると、幹に両手を付いて上を見上げる。

「翼《よく》、みーつけた」

悟空の張り上げた声に答えるように、枝と葉の間から鼈甲《べっこう》と同じ色の髪が覗《のぞ》く。

しばらくすると、滑り落ちないように気を付けながら、翼と呼ばれた少年が楓《かえで》の木から下りてきた。

「次、翼が鬼な」

翼が土に足を付けるのを見計らって発した悟空の言葉は、ゆるく首を振る動作で否定されてしまう。

見返す瞳で何故？　と訴えれば、小さな声が疲れたと告げる。

たかが隠れ鬼と言ってしまうには、寺院は広すぎる。

そのうえ相手が、体内への補給物資さえ完璧なら底無しの体力を誇る悟空なのだから、疲れない方がおかしい。

少し考えて、悟空は楓《かえで》の木の根本に腰を下ろした。

部屋に戻って休憩するには、惜しい秋晴れ。

見上げた空の青と楓《かえで》の紅《あか》は『情緒がかけているんじゃなくて、元から無いんだ』といわれた過去を持つ悟空の目からみても十分綺麗だ。

その隣に腰掛けて、翼も悟空に倣《なら》うように空を見上げる。


自分の名前は『翼』だと、そう少年が教えてくれたのは一日目の夜だった。

それから一緒に遊んで、笑って、眠って。

少しづつ、言葉を交わせるようになっていた。

だが、一番肝心なことは聞けないままでいる。

翼の家族を殺した人物が、どんな人だったのかという残酷な質問。

自分と翼は違う。

同じ場面に遭遇したとしても、きっと違う行動を取っていたはずだから、翼の気持ちは分からない。

でも、思い出すには辛《つら》すぎる記憶だろうということぐらいは、いくら悟空でも察《さっ》しがついた。

だから、聞けない。

聞くことができない。

でも、何も分からないまま明日を迎えれば、疑いが八戒《はっかい》にかかってしまう。

気合を入れるように両のこぶしを握り締め、意を決して悟空は口を開いた。

「あの、さ…」

丸二日間一緒に過ごしていて初めて聞く悟空の覇気のない声音《こわね》に、何事かと翼は顔を向けた。

「事件のこと、聞いていい？」

必ず目を合わせて話す悟空が、今は翼の顔が見れず俯《うつむ》いたままで言葉を紡《つむ》ぐ。

しばらく待ってみるが返答が無いことに焦りを感じて、悟空は上体を捻《ひね》るようにして翼の右肩に左手を置いた。

「俺の知ってる奴が疑われてんだ。絶対そんなことする奴じゃないのに。翼だって早く捕まえて欲しいって思うだろ?」

畳み掛けるように言い募《つの》っても、翼から何の反応も帰って来ない。

長く続いた沈黙に、流石《さすが》に悟空もあきらめかけて手を離したとき、

「………暗かったから…」

ぽつりと、翼の口から呟《つぶや》きが漏れた。

「何でもいいんだ。服とか髪形とか」

悟空の必死の様子に翼は記憶を辿《たど》るが、暗かったという理由を差し引いても、ほんとうに不思議なほど記憶が朧《おぼろ》げなのだ。

村を襲った人物の顔はおろか、見知った隣人の死に顔さえ思い出せない。

確かに、この目で見たはずなのに。

正直にそう告げると、悟空はあからさまにがっかりとした表情で、そっか…と呟《つぶや》く。

「そういや、三蔵《さんぞう》に聞いたことあったけ。自分が壊れそうなぐらい辛《つら》いこととか耐えられないようなことが起こると、自分を守るために脳がその情報を受け取るのを拒否することがあるって」

言われたときはどういう意味なのかよく分からなかったが、きっと今の翼のような状態

のことを示していたのだろう。

「それじゃ、しょうがないよな」

言葉と一緒に向けられた悟空の笑みが、何故か翼には悲しく思えた。

答えられないことに罪悪感を感じる。

思い出せない自分が腹立たしい。

何か思い出せないかと、必死になって考える。

何でもいい、何か…。

ふっと、ある言葉が閃いた。

「………かなん…」

「えっ？」

不意に発せられた意味不明の単語に、悟空は目を見張る。

「かなん、かなん…って言ってた。意味は分かんないけど…」

「かなん、か…」

手掛かりの一つには違いないので、悟空は忘れないようにその言葉を繰り返し呟《つぶや》いた。

二

全身ぬるま湯に浸《つ》かっているような心地よい微睡《まどろ》みを堪能していた悟浄《ごじょう》を、現実世界へと連れ戻したのは、パタパタという鳥の羽ばたきにも似た音。

それでも強引に眠りの世界に戻ろうと試みる悟浄を咎《とが》めるように、耳元でピィーピィーと笛の音を思わせるような鳴き声が聞こえた。

それでも目を開こうとしない悟浄の顔面に、とどめと言わんばかりに何かがばさばさと覆《おお》い被《かぶ》さってくる。

ここまで来れば、安眠も微睡《まどろ》みもあったもんじゃない。

がばっと跳ねるように起き上がり、途端に逃げようとするそれを両手でわしっと掴《つか》む。

「てっめぇー、いい加減にしろよっ！」

たいして大きくもない一軒家に、加減を知らぬ怒声が響きわたる。

これがここ数日繰り返されている、沙悟浄《さごじょう》の朝の目覚めだった。

少し濃いめにいれたコーヒーをマグカップに移し、それを片手に八戒はすぐ側《そば》の椅子に腰掛ける。

◆ ◆ ◆

一口、口を付けた後、身体から力を抜くように、ほっと息を吐き出した。

朝食の後、簡単に家の中を整理し終えると、することがない。

少し考えるが、昼食の準備をするにもまだ少し早い気がするので、もうしばらくのんびりしていることにした。

あれ？　と思ったのは、二口目を口に含んでから。

マグカップを机の上に置いてから、ぐるりと室内を見渡す。

いるべきものが、いない。

ついさっきまでここにいたのに。

「また、悟浄のところですか」

口に乗せた言葉は疑問ではなく確定。

どうやらこの穏やかな時間はそう長くは続かないらしい。

「せめて飲み終わるまで持つといいんですが」

呟《つぶや》いてはみるが、おそらく適《かな》わぬ願いだろう。

それならばせめて残された僅《わず》かな時間を堪能しようと、八戒は両の手をマグカップにそえる。

雄叫《おたけ》びにもにた叫び声が響いたのは、その直後だった。

『てっめぇー、いい加減にしろよっ!』

ここが民家の立ち並ぶ街中でなくて本当に良かった。

八戒は心の底からそう思う。

いくら朝より昼に近い時間帯とはいえ、隣近所というものが存在していたらさぞ苦情が殺到するに違いない。

続いて、どたどたと怒りも露《あらわ》な足音がこちらへと近づいてきた。

普通なら何事かと思うような行動も三回目ともなれば慣れたもので、八戒はコーヒーを口に運びながら、足音から推測される到着までのカウントを唱え始める。
八、七、六………二、一。
ばたんっ。

勢い余って、戸を開けた本人に跳ね返ってしまうのではないかと思える力で開かれた扉の向こう。

細い眉を吊り上げ眉間《みけん》にしわを刻んだ悟浄が、心持ち肩を怒らせて仁王立ちしている。

表情だけでなく全身で不機嫌不愉快を表しているそのようすが妙に子供じみていて、八戒は込み上げてくる笑みを押さえることが出来ない。

だが、ここで悟浄の仕草を見て笑ったなどと知れれば、彼の機嫌はますます急降下するだろう。

そして宥《なだ》める役目を負う者は、ここには一人しかいないのだ。

その手間を考えた八戒は、堪え切れない笑みををごまかすように言葉を口にする。

「おはようございます」

よく『人好きがする』と称された笑みにすり替えたつもりだったのだが、残念なことに悟浄の眉間《みけん》にはもう一本深いしわが刻まれる。

それを目にして自身の目論《もくろ》みが外れたのだと、ごまかし切れなかったのだと八戒は思ったのだが、実際はそうではなかった。

寝起きでしかも頭に血が昇《のぼ》った悟浄に、八戒の穏やかな笑顔の裏など読めようはずがない。

ただ、彼は知っただけだ。

穏やかな笑顔というものには少なからず鎮静作用があると思っていたが、それは間違いだったということを。

あまりに非の打ちどころのない笑顔というのは、ささくれ立っている神経を更に逆なでする効果を有しているに違いないということを。

挨拶を返すことなく無言のままで、悟浄は椅子に腰掛けた八戒の前まで足を進める。

そして、おもむろに両の腕を突き出した。

ちょうど八戒の目線の高さに合わせたようなその左右の手の中に、悟浄は大きな蝙蝠《こうもり》の羽根のような物を摘《つ》まむようにして持っていた。

確かに羽根は蝙蝠《こうもり》に似てはいるのだが、一見して違う生き物であることは分かる。大型の蝙蝠《こうもり》の更に二倍以上はあるだろう大きさもさることながら、羽根の色が純白なのだ。

そして左右に広げられた羽根の中心部にある、長い首と同じぐらい長い尾。

悟浄に掴《つか》まれていることが余程不本意なのか、頻《しき》りに羽根を動かしてその手から逃れようとしていた。

それでも悟浄の手が離れないのを知ると、今度は尾と首もがむしゃらに動かして必死に脱出を試みている。

「何なんだ、こいつはっ？」

声高に叫ばれた悟浄の問いに八戒が答えるより早く、その手の中の生き物が怒鳴りたいのはこちらだと言わんばかりに、ピィとかん高い声で鳴く。

「うるせぇ。おとなしくしてろっ」

手の中で暴れるそれを一喝《いっかつ》して、悟浄は再び視線を八戒へと合わせる。

「悟浄、それじゃあ悪役みたいですよ」

「このさい悪役でも何でもいい。こいつは何なんだっ？」

「なにって、僕が三日前の雨の夜に拾ってきた動物じゃないですか？　悟浄だって昨日も一昨日《おととい》も見てるはずですけど？」

何を今更と言わんばかりの言葉に、悟浄は違うっ！　と吠える。

「そーじゃなくてっ…」

言い募《つの》る悟浄の言葉を遮《さえぎ》るように、ああ、と納得の声を上げて八戒はぽんと手を打つ。

悟浄の手の中の生き物に観察するような視線を向けて口にした言葉は、

「僕にも分かりません」

…その、一言だった。

「はぁ？」

また自分の意図を汲《く》み間違えているらしい相手に、悟浄は気の抜けたような短い疑問を向ける。

それを受け取るべき立場にいるはずの八戒は、そんなものは耳に届かなかったとでも言うように、淡々と先を続け始める。

「鳥…ではないでしょうけど、蝙蝠《こうもり》の突然変異とも思えませんし…強《し》いて言うなら昔見た本にあった『竜』という生き物に似ているんです。でも竜って架空の生き物とされてるんです」

悟浄にしてみれば『不思議ですよね』と視線を向けてきた八戒こそが、不思議でたまらない。

この話のはぐらかし方は、故意かそれとも天然か？

どちらにしてもあまり変わりないことに気付くのに、三秒とかからなかった。

故意であれ天然であれ、凄《すご》いことには変わりない。

そして迷惑なことにも…。

「…そうじゃなくて…俺が言いたいのは、なんでこいつは毎朝この翼で俺の顔を叩くのかと言うことなんだけど？」

的外れな問答に限界まで殺《そ》がれてしまった怒気を、もう一度復活させる気力さえ奪われた悟浄が力無く訴える。

「きっと愛情表現ですよ」

妙に説得力のある笑顔で言い切られて、一瞬悟浄は納得しかける。

そんな自分を叱咤《しった》した後、こんどは愛情という聞き慣れた言葉に自分の知らない意味が存在していたのだろうかと考えてみるが…。

「……んなわけ、ねぇだろ」

この三日、八戒いわく『竜に似ている』動物から、愛情などという好意の最上級に位置する感情など、かけらも感じたことはない。

毎朝寝ている耳元でピィーピィー鳴いて飛び回ったかと思えば、その翼を凶器に変えて繰り返し繰り返し、羽ばたきの数だけ顔面を叩く。

これのどこに、愛情を感じ取れと言うのか。

「不規則な生活は健康に悪いから、悟浄のこと心配して起こしにいってるんですよ」

八戒の言葉をそのまま納得して受け入れると、小動物に気遣《きづか》いを受けているという客観的にも主観的にも、そうとう情けない状況に陥《おちい》ることとなる。

それに起こそうとする気持ちはさておき、起こし方に問題がある。

もう一つ言わせてもらえば、起こしてくれなんて頼んだ記憶はない。

そう思いつつも反論する気にならないのは、これ以上八戒と問答を繰り返すことを避けるため。

はっきりいって、疲れた。

出来ることならもう一度ベットに戻りたいぐらいに。

だから、不本意でもこの会話を終わらせるために必要な言葉を声にして出す。

「…そいつは、ありがたいな…」

言葉だけでなく、拘束《こうそく》していた両手の指から力を抜いて白竜をテーブルに置き、行動でも示す。

数分振りに悟浄の手より解放された白竜は、不自然に拘束《こうそく》されていたためきしんでしまった関節を伸ばすように大きく翼を広げた。

二本の後足でたどたどしくテーブルの上を歩いてその端まで移動すると、八戒の膝《ひざ》の上に飛び移る。

八戒が膝《ひざ》の上に丸まって落ち着いた白竜の、頭から尾の先にまでかけてあるたてがみを繰り返し撫でると、気持ちがいいのかゆっくりと目が閉じられた。

「悟浄の朝食、また僕の昼食と一緒でいいですか?」

たてがみをなでながらの八戒の問いに、自分の椅子に腰掛けた悟浄があぁ、と短く答える。

大抵朝帰りの悟浄の普段の起床時刻は昼過ぎで、食事の時間は八戒とずれていることがほとんどだった。

だが白竜がきてからの三日間は、先程のようなことの繰り返しで、自然と八戒と食事の時間が重なる回数が増える。

「ほんと、僕も助かってますよ。食事の支度《したく》も後片付けも、二度手間にならずにすむんですから」

八戒の言葉は、家事全般を引き受けている者としては至極《しごく》当然の言葉だ。

そうと分かっているからこそ苛立《いらだ》たしい。

白竜が悟浄を起こすのは、悟浄の健康を気遣《きづか》ってのことなどではない。

他の誰でもない、八戒の手間を減らすためだ。

白竜の恩返しとでも言うつもりかぁ？

少々乱暴な手つきで取り出した煙草を口に銜《くわ》えながら、八戒の膝《ひざ》の上で幸せそうに惰眠《だみん》を貪《むさぼ》る白竜をきつく睨《ね》めつけ、悟浄は毒づいた。

無論、声には出さないで、だ。

三

悟浄に合わせて少し早めの昼食を終えしばらくすると、扉の外に人の気配を感じた。

「…一体どちら様でしょうね？」

扉を背にする向きで椅子に腰掛けている八戒が、軽く振り向くように視線を動かす。

「さぁな。招かれざる客には違いないだろーけど」

扉を正面に座っている悟浄も、同じように扉へと目をやった。

もともと家主にも同居人も、人を招くような対人関係は結んでいないので、ここを訪れる者は皆『招かれざる客』で括《くく》られることになる。

だが今回は正真正銘、心底歓迎出来ない客だろう。

扉越しにピリピリと肌を刺激するような敵意にもにた緊張感もあるが、なによりもその足音の多さが尋常ではなかった。

三人、四人、といった可愛い数ではない。

どう考えても十や二十。

あるいはそれ以上。

ごく庶民的な一軒家に、到底入り切る数ではない。

多少ばらつきのあった足音が、一斉にぴたっと止んだ。

その直後に扉から響いた音がノックでないことは、音と同時に扉が開かれたことで分かった。

こちらが扉を開けるより早いその行動で彼らが友好的な人物でないことが証明され、それどころか、こちらの同意も得ずにズカズカと上がり込んできたことから、一方的に反友好関係を結びにきたことさえも証明された。

敷居を跨《また》いで、不法侵入を果たしたのは三人。

悟浄の胸の辺りまでしか背丈のない小柄な老人を守るように、左右に体格のいい若い男が控えている。

そして扉の向こうには、その何倍もの人数がこちらを伺《うかが》いつつ待機していた。

彼らは、多少の装飾の差はあれど一目で職業の伺える同じ服装をしていたので、どちら様？　と問いかける手間は省《はぶ》けた。

だから、悟浄は突然の訪問の用件だけを尋ねる。

「坊さんがそろって、何の用だ？」

「お前に用は無い」

中央に立つ、悟浄の三倍の年月を生きてきただろう厳格そうな男は高圧的に言ってのけると、八戒に向き直る。

「私は奉安《ほうあん》という者だ。猪八戒《ちょはっかい》、寺院まで同行願いたく参った」

願うという言葉を用いながらも、拒否権の発動を許さない声音《こわね》。

命令することに慣れ切った者の持つ、傲慢《ごうまん》な響き。

その言葉に合わせたように、どうして僧などやっているのかと思うほど厳《いか》つい顔と、それに見合う体躯《たいく》を持ち合わせた男たちが前に進み出る。

力ずくでも、という無言の意思表示。

「坊さんにしちゃあ、穏やかじゃねぇな」

「よろしければ理由を聞かせて頂きたいのですが?」

深紅の目に剣呑《けんのん》な色を滲《にじ》ませ始めた悟浄を牽制《けんせい》する意味も含めて、間を置かずに八戒が静かに問いかけた。

奉安も悟浄の言葉を無視して、八戒の問いのみに答える。

「ここ最近頻発しているある事件の首謀者ではないかと、疑いがかかっている」

「生憎《あいにく》、ここ最近では思い当たることがないんですけれど、人違いじゃないんですか?」

「それはこちらで判断する。とにかく同行してもらおう」

ここ最近、と期限を切らなければ、思い当たる節《ふし》があるということをほのめかす八戒の言葉にも、奉安は眉一つ動かさない。

どこか見覚えがある人物だと思ったのは、間違いではなかったようだ。

三カ月前、三蔵《さんぞう》に連れられ罪人として寺院に赴《おもむ》いたときに、出会っている。

この奉安という人物は、八戒が過去に犯した罪を知っているのだろう。

「なぁ、その事件ってどんなんだよ？　特に噂にもなってねぇけど？」

悟浄がうさん臭そうに奉安と名乗った僧侶を見上げる。

夜な夜な飲み屋を歩き回っているため、その手の情報や噂話には聡《さと》いという自負が悟浄にはある。

だが、ここ最近事件らしい事件の話など耳にした記憶が無い。

「口を謹《つつし》め。第一貴様が知る必要のないことだ！」

奉安に向けた問いだったが、応えたのはその側にいた幾分若い、といっても悟浄よりはずっと年上だろう僧侶だった。

しかも、返ってきたのは悟浄が求めたものとは関係ない、憤《いきどお》りを露《あらわ》にした言葉。

悟浄の台詞《せりふ》も目上の人に対するものではなかったが、それにしても過剰反応だ。

観察するように一同を眺めていた八戒は、この奉安と言う人物が寺院で相当に高い位にあることを察する。

それを証明するかのように、いきり立っていたはずの僧は、奉安のまぁいい、という言葉に、その矛《ほこ》を納めた。

「箝口令《かんこうれい》をしいているので知らなくとも無理はない。十日ほど前から夜半《やはん》小さな村を襲い皆殺しにするという事件が立て続けに起こっているのだ。殺害方法からして、おそらく妖怪の仕業だろうと目星をつけているのだが…」

奉安は、言葉を中途半端な場所で途切れさせ、そこから先は八戒に向けて流した視線で語った。

「…数多《あまた》の妖怪の中で、僕にその容疑がかかっているわけですね」

八戒は奉安が口にしなかった言葉を、まるで他人事《ひとごと》のように語った。

「だから、それでどうして八戒になんだよ？」

分からないというように首を振る悟浄に、八戒は説明に困り、どうとも取れない奇妙な笑みを浮かべる。

「悟浄、僕には前科があるんです」

そう遠くない過去。

人間と妖怪の差はあれ、同じように大量虐殺を犯したという消えない罪が。

「そうですよね」

八戒は多少の刺を含んだ言葉と笑みを、奉安に向ける。

返された無言の頷《うなず》きは、肯定。

「ちょっと待てよっ」

前科があるから疑うという、一見理に適《かな》っているようだがいささか強引なその結論に対し、批判を述べるのはこの場に悟浄ただ一人だけだった。

「言っておくが、同居人であるお前の語る不在証明《ふざいしょうめい》や弁護など、こちらとしては信用に値《あたい》しないとみなしているからな」

奉安に先に釘をさされ、悟浄はぐっと言葉に詰まる。

それでも何か口にしなければという脅迫にも似た思いが、無意味と知りつつもその唇を落ち着きなく動かしていた。

「元々彼に僕の不在証明《アリバイ》なんてできませんよ。事件が起こるという夜半《やはん》に、彼がこの家にいることは稀《まれ》ですから」

「おい、八戒…」

八戒が僧たちに向かって告げた言葉に、一片の嘘も偽りも存在しないのだが…。

「助け舟を出してやろうという厚意を無駄にしやがって」

悟浄は左手で頬杖をつきながら、少々くさりぎみに呟《つぶや》く。

「好き好んで、諸共《もろとも》に沈むこともないでしょう?」

言葉と一緒ににこりと、本日目にする二度目の非の打ち所のない極上の笑み。

その笑顔のまま、八戒は椅子から立ち上がって奉安と正面から向き合う。

その姿を視界に捕らえて、気に入らないと、悟浄は口の中で呟《つぶや》く。

先刻もしみじみ思ったが、やはり非の打ち所のない笑みというものは神経を逆なでするらしい。

極上の笑みの裏側の、あきらめたような悟り切ったような感情も気に食わない。

なにより、助け舟を断ったのは悟浄の身を案じてのことかもしれないが、裏を返せば頼りないと言われたも同然ではないか。

過大評価されるのは鬱陶《うっとう》しいが、過小評価されるのも腹立たしい。

相手が力ずくでもというなら、こちらも同等の手段に訴えても文句は言われまい。

考えと方としては間違ってないが、今のところ相手が暴力に訴えていないということは都合よく飛ばして、悟浄は自分の取るべき行動を決める。

扉の向こうに見える集団は、悟浄の目には烏合《うごう》の集としか映らない。

要注意なのは家に上がり込んでいる三人のうちの二人だけ。

椅子から立ち上がると同時に、力業《ちからわざ》に訴えるということを宣言するように悟浄は右の手のひらを机に勢いよく押し付けた。

どかっ。

予想もしなかった音に、悟浄は一瞬目を見張る。

その見開いた目を右手に注ぐが、先程の音はどう考えても机と自身の手の接触で発せられた音ではない。

そんな生易《なまやさ》しい音ではなくで、何か硬いものが壁に激突したような…。

視線を上げれば、奉安とその脇に控えていた二人が、首を捻《ひね》って扉へと視線を向けている。

悟浄に背を向ける形で立っている八戒も、恐らく同じ方向に視線を注いでいることだろう。

そこが音の発信源。

だが、何の音だ?

「退《ど》けよっ!」

怒鳴り声と同時に、先程よりすさまじい音が響いた。

その音にかき消されつつ、低いうめき声のようなものも耳に入る。

扉から少し右側に逸《そ》れた位置の壁が小刻みに震えていたが、外側からそれなりに質量のあるものがぶつからねばこうはなるまい。

現状から察するに『それなりに質量のあるもの』とは、外で待機していた僧侶の中の一人だと思われる。

進んで壁に激突するという物好きな人間がいるとも思えないので、おそらく不運にも壁にぶつけられたのだろう。

先刻の、聞き覚えのある声の主によって。

「退《ど》けったらっ！」

二度目の怒声の後、扉の向こうに見えていた集団が、蜘蛛《くも》の子をちらすように離散して行くのが目に入る。

ぽっかりと開いた空間を占領したのは、悟浄の予想通りの人物、孫悟空《そんごくう》だった。

扉の前に立った悟空は、少し息を切らしながら室内にいる五人の顔を確認するように順に見やる。

その視線が、奉安の下で止まった。

「どういうつもりだよ？」

悟空の声音に、悟浄と八戒は僅《わず》かに目を見張る。

知り合ってこのかた、こんなに怒りを露《あらわ》にしている悟空は見たことがない。

「どういうとは？」

「惚《ボ》けんなよな！　八戒連れて行くの明日のはずだろっ？」

突然自分たちを部外者にして始まってしまった言い合いに、悟浄と八戒は顔を見合わせる。

「決定的な証拠を掴《つか》んだのだから、今更三蔵様を待つまでもないだろう」

「決定的な証拠って…？」

薄く笑みさえ浮かべている自信に満ちた奉安の態度を、悟空は不思議そうに見た。

翼は何も覚えてないと言っていた。

何も、何も…？

「あぁーっ！」

悟空の突然の大声に、そこにいた全員の肩が驚きに竦《すく》む。

「俺と翼の話、盗み聞きしてたなっ！」

「人聞きが悪い。聞こえただけだ」

「どっちもおんなじじゃん…ってなんでそれが証拠になんだよ？」

多少落ち着いてきた悟空は、首を捻《ひね》って考え込む。

「こちらこそ聞きたいな。なぜ我らが猪八戒の元に来ていると分かった?」

「八戒を連れに行ったたって、話してるの聞いた」

悟空の言葉に白く色の抜け落ちた眉をよせた奉安は、軽く息を吐く。

「あれほど口に乗せるときは注意しろと言って聞かせておったのに…」

呟《つぶや》いた言葉は、憤《いきどお》りより諦めに近かった。

よく壁に耳あり…というが悟空の場合、屋根だったり縁の下だったり、殆《ほとん》ど足の置き場のない窓の外でさえ行動範囲に入っているのだ。

「とにかく、八戒連れていくのは明日だろっ! 三蔵との約束破んのかよ?」

「今晩、また事件が起こったらどうする? 容疑者のメドが立っていながらそれを放って置いたがために、また犠牲者が増えたらどうするのだ?」

「八戒はんなことしねーよっ!」

言い切って、悟空の満月を思わせる金の目が鋭く奉安を捕らえた。

両者の間で、しばし静寂が続く。

先に視線を外したのは奉安だった。

不意に踵《きびす》を返して、扉へと向かう。

「奉安様？」

付き従っていた両者から戸惑いを含む声で名を呼ばれて、奉安は肩越しに振り返る。

その目は問いかけをした者ではなく、真っすぐ悟空に注がれていた。

「どうせ明日になればすべて解決する」

そう言い残すと、奉安は何事も無かったかのように足を進める。

しばらくその背を呆然と見送っていた者たちもわらわらとそれに続き、ものの一分も経たないうちに、視界から僧侶の姿が完全に消えうせる。

開け放たれたままの扉から眺めることができる、四角く区切られた外の世界が、いつもよりやけに見通し良く感じられた。

ぼんやりと眺めていた悟浄の口から、意識せず呟《つぶや》きが漏れた。

「………何だったんだよ、一体」

一気に力が抜けたような気になって、落ちるように椅子に腰を下ろす。

目線が低くなったため、置き時計が悟浄の視界に飛び込んできた。

短針と長針が今まさに重なろうとしている。

波瀾万丈《はらんばんじょう》の一日は、まだ折り返し地点に差しかかったばかりだった。

# 四

「いまいち状況が飲み込めない」

自分の席を悟空に明け渡したため、壁に背を預けるようにして床に直接腰掛けたまま、悟浄は憮然《ぶぜん》と言い放った。

その言葉に、悟空はひたすら肉まんの山へと注がれていた意識を引き戻した。

右手に食べかけの肉まん、左手にはまだ口を付けていない肉まんを持ち、とりあえず今口の中にあるものを飲み込んでから話し始める。

「だから大量虐殺ってのが起きて、あいつらは八戒疑ってんの」

そう答えて、右手の食べかけの肉まんを口に頰張《ほおば》る。

確かに簡潔にまとめればそうなるのだろう。

だが、悟浄としてはもう少し細部を聞きたいのだ。

悟空とあの奉安と名乗った老人の会話の中には、幾つか引っ掛かることもあった。

よく言えば素直に、悪く言えば聞かれたことだけ、それもごく簡潔にしか答えない悟空から欲しい情報を引き出すポイントは、ひとえに質問文の作り方にかかってくる。

悟空の軽量化された脳ミソでも分かるように…というのは、なかなかどうして、しんどい作業なのだ。

幸いなことに、この場には悟浄よりお子様の扱いに慣れていて、なおかつ、どちらかと言えば頭脳派労働を得意としている人物がいる。

八戒が、悟浄と同じところに引っ掛かりを覚えただろうことは、容易に想像できた。

ならば、この場は八戒に任せるべきだ。

適所適材。

都合よく言えば、自分より有能な奴にまかせちまえ、だ。

その八戒の様子をうかがえば、のほほんと自分でいれたお茶を啜《すす》っている。

「あー、食った食ったぁ」

八戒の目の前で最後の一口を呑《の》み込《こ》んだ悟空が、満足そうな笑みを浮かべた。

このお気楽な笑顔を見ていると、先程の真剣な表情が嘘のように思える。

「悟空」

食べ終えたのを確認してから、八戒が言葉を掛ける。

「さっき僕を寺院へ連れて行くのは明日だとか、三蔵を待つとか言ってましたけど、どういうことなんですか?」

「そーいや、生臭ボーズ一緒じゃねーの?」

悟浄とて、自分の言葉が話の腰を折るものだということは分かっていたが、思いついたら聞かずにはいられない。

悟空が一人で訪れること事態はそれほど珍しくもないのだが、大きな事件なのに三蔵が関わっていないということに疑問を感じる。

同じ大量虐殺でも、八戒のときは三蔵と悟空のみで追っていたというのに。

「三蔵は別の仕事」

「なんだ、お前置いてかれたのか?」

「そーだよっ!」

ほんの少しからかうつもりで言った言葉に、予想以上の反応が返ってきた。

その投げやりな口調といい、むすっとした表情といい、どこから見ても完璧な『拗《す》ねた子供』だ。

これ以上この会話を続けて悟空がヘソをまげてしまっても困るので、話を元に戻そうと試《こころ》みる。

「で、なに?」

「へっ？」

いきなり問われた悟空は、間抜けな言葉しか返せない。

「だから、さっきの八戒の質問の答え」

そう説明されて、ようやく悟空は悟浄とのやり取りの前に口にしようとしていた言葉が別にあることを思い出した。

「三蔵が別の仕事で出掛ける前に、八戒を連れてくるなら自分が帰ってからにしろって言ったんだよ」

「それが明日ですか？」

「うん」

「あと、証拠があるとか言ってましたけど、悟空はそれが何か知ってますか？」

「知ってる。えっと………あれ…？」

低く唸《うね》りながら首を左右に捻《ひね》る悟空に、おいおいと悟浄は小さく呟《つぶや》く。

しばらく両手を頭に添えて俯《うつむ》いていたかと思えば、急にがばっと起き上がる。

「思い出したか？」

「急いで走ってきたら、忘れた」

きっぱり言い切られたその言葉に、はぁと声に出して悟浄は溜め息をつき、八戒は次に発する言葉を見つけ出せず、場を繋《つな》ぐように笑うしかなかった。

「でも、戻って翼に聞けば分かるはずだからっ」

さすがに悟空もばつの悪さを感じたのか、慌ててそう付け足す。

「翼というのは、どなたです?」

聞き馴れない名を耳にして、八戒が尋ねる。

「犯人の姿、見た奴」

「…目撃者ってことですか」

悟空の言葉を、八戒は自身に理解しやすい言葉に置き換えた。

奉安の口にしていた『皆殺し』という言葉から考えると、翼と言う人物は数少ない、もしくは唯一の生き残りなのだろう。

寺院側にとって、貴重な証人。

「でも、顔はよく覚えてないって言ってた」

「顔も覚えてねーのに、そいつが八戒だったたって断定できる証拠があるってのか?」

なんともおかしな話に、悟浄は眉を寄せる。

「なんか喋ってんの聞いたんだって」

大量虐殺を犯した人物を、八戒だと断定出来るだけの意味を持った言葉。

まさか『僕は猪八戒です』などと言って自己紹介していたわけではないだろうけど。

「何て言ってたんだ？」

「だーから、忘れたって言ったろ」

「いばってんじゃねーよ、バカ猿。ンとに使えねぇな」

「バカ猿っていうなっ」

「ほんとーにバカなんだから、バカ猿でいいだろ？　いっちばん肝心なコト忘れやがって」

際限なく続きそうな言い合いに、八戒は危機感を覚えた。

ここで暴れられるのだけは避けたい。

後の片付けをするのは、自分なのだから。

「悟浄、その辺でやめてあげて下さい。あの方たちが退散してくれたのは、悟空のお陰なんですから」

言葉の応酬を一時中断し、険悪なムードで睨《にら》み合いを始めた二人の間に、今がチャンスとばかりに八戒が割って入る。

これが自分の役割として定着しつつあるのは、気のせいではないだろう。

こんなとき、実際に出会ってからの経過時間以上に、長く付き合っているような錯覚に陥《おちい》る。

こんなふうに感じる相手は、過去に一人しか知らない。

その一人を失ったとき、もう一度こんな感情を持つことが出来るとは思ってもみなかった。

八戒の仲裁《ちゅうさい》に一応口を閉じはしたが、心持ちへの字に歪《ゆが》められた口元が悟空の不満を如実《にょじつ》に表している。

自然と浮かぶ苦笑を何とか押し戻して、もう一方の悟浄へと視線を向ける。

そしてその表情の変化に気が付いた。

先程の言い合いは悟浄にとって遊びの領域で、その顔面には悟空の反応を面白がる以外の感情は無かった。

それなのに、今は悟空以上に怒気も露《あらわ》な表情を作っている。

その矛先《ほこさき》が悟空ではなく八戒自身であるということは、ぶつかったまま逸《そ》らされない視線で理解出来た。

だが、その理由に心当たりがない。

「悟浄、何か?」

「お前さぁ、悟空が来なかったらあいつらに付いて行く気だっただろ?」

「ええ」

短く答えれば、悟浄は不快そうに目を細めて視線を逸《そ》らす。

その態度で、ようやく悟浄が何に対し腹を立てていたのかを悟る。

多分、彼は誤解している。

「僕は別に投げやりな気分で彼らに従おうとしたわけではないんですけど?」

「じゃあ何で一言も言い返さなかったんだ?」

「あの場で何を口にしても、彼らは信じませんよ」

言われれば確かにその通りなので、悟浄とて頷《うなず》くしかないが…。

「だからってなぁ…」

中途半端な長さのため、旨《うま》くまとめきれず目にかかる髪を邪魔そうにかきあげながら呟《つぶや》くが、続く言葉を見つけだせない。

悟浄が先を続けることを放棄した言葉は、八戒に拾われる。

「だから、彼らに付いて寺院に行こうと考えたんです」

笑みを浮かべながら告げれば、悟浄は顔中で分からないを訴えてくる。

視線を悟浄から正面に戻すと、悟空も同じような表情を浮かべていて、思わず笑みが深くなる。

「事件は立て続けに起こってると聞いたんですけど?」

悟空が頷《うなず》くのを確認して、再び悟浄を見やる。

「ならこれからも同じことが起こるとも限りませんよね？」

「だろーな」

何の目的でそんなことをしているのかにもよるが、再び繰り返される確率はそうとう高いだろう。

そこまで考えて、成る程と思う。

「納得していただけたみたいですね」

悟浄の表情の変化を見届けて、八戒は確認の言葉を向けた。

「えー、俺分かんねぇよ」

一人蚊帳《かや》の外に置き去りにされそうな雰囲気に、悟空が騒ぎ始める。

「あーもう。やっぱお前バカ猿だわ」

「悟浄」

また先程のような不毛な言い合いに発展しそうな空気を感じ取って、八戒は釘を指すように悟浄の名を呼んだ。

軽く両手を上げ了解の意を示して、悟浄は悟空への説明役を八戒に引き渡す。

「こう考えればいいんですよ。僕が寺院にいるときに事件が起こったら？」

短い沈黙の後。

「あ、そっか！」

ようやく合点《がてん》がいった悟空が、晴れ晴れとした表情を見せる。

「僕が寺院にいるときに事件が起これば、疑いは晴れるんです。なにしろ疑っている張本人たちが僕の不在証明《アリバイ》を立ててくれるんですからね」

にっこり笑う笑顔は策士のもの。

「よくまぁ瞬時にそこまで考えついたよなぁ」

「僕だって冤罪《えんざい》はごめんですよ。そこまで人生捨ててません」

「どーだか」

視線が合うと、どちらからともなく悪戯《いたずら》な笑みが漏れる。

「じゃあさ、寺院に来ればいいじゃん、八戒」

唐突に、悟空が提案する。

「な、いいだろ。遊びに来いよ」

容疑者としてではなく、悟空の知人として寺院に滞在すればいいと、そう告げる。

「いーねぇ、それ。面白そうだ」

言って立ち上がる悟浄の唇が、好奇心という名の笑みで吊り上がる。

「善は急げっていうし、行こーぜ」

「何？　悟浄も来んの？」

「行っちゃ悪《ワリ》ぃか？」

椅子に腰掛けている悟空の側まで移動すると、悟浄は身を折るようにしてその顔を覗《のぞ》き込んだ。

そのまま睨《にら》み合い互いに牽制《けんせい》し合う二人の横を通り過ぎ、八戒がその奥の扉へと向かって行く。

「八戒、行かねぇの？」

肩越しに振り返って、悟空が問いかける。

「いえ、そうじゃないです。ちょっと待ってて下さい」

曖昧《あいまい》な言葉を残して、八戒が扉の向こうへと消えて行く。

その行動に、悟浄はピンときた。

向こうの部屋には何がある？

向こうの部屋には何がいる？

余り当たってほしくない予想ほど当たるのが世の常というものだ。

「…まさか、あいつも連れてくってのかぁ？」

頭上で呟《つぶや》かれた言葉に、悟空が首を扉から声の方向へと戻す。

そこには心底嫌そうな表情の悟浄がいた。

「あいつって…他に誰かいんの？」

「正確には『何か』いるだ」

分からないと首をかしげていると、後から扉の開く音が聞こえてきた。

百聞は一見に如《し》かずと、悟空は勢いよく振り返る。

一瞬で、悟空の表情がぱっと輝く。

「うっわー、何それ？」

言うと同時に椅子を倒しかねない勢いで立ち上がるものだから、至近距離にいた悟浄は慌てて飛《と》び退《の》く。

そのおかげで、激突だけはなんとか避けられたのだが、悟空の関心はそんな事より八戒の肩に乗っている生き物に注がれていた。

頭一つ分以上の身長差を補《おぎな》うように腕を伸ばして、ためらいも見せずに悟空は白竜に触れる。

白竜の方もおとなしく悟空に撫でられていた。

「八戒、こいつ何？　どうしたの？」

見たこともない生き物に、悟空の声が嬉々《きき》としたものになっている。

玩具《おもちゃ》に喜ぶ子供そのものだ。

ただ触るだけでは飽き足らなくなったのか、しまいには両の手で胴と翼の付け根を掬《すく》うようにして持ち上げた。

「つい先日拾ったんですよ」

顔に近付けてまじまじと眺めている悟空は、先の質問に答える八戒の言葉など半分も聞いてないように見えた。

白竜がピィと高い笛の音のような鳴き声を発すると、悟空は更に破顔する。

「おい、なんでこいつも連れてくんだよ?」

「だって、何日留守にするか分からないじゃないですか」

無実を証明するには、再び大量虐殺が起こるその日まで、寺院にいなければいけないのだ。

「少なくともここに残しておくわけにはいかないでしょう? 案外、外に出た途端自分の住んでいた場所に帰るかも知れませんし」

ぜひそうしてくれと、真剣に悟浄は願った。

そんなやり取りの間にも、悟空が物珍しそうに白竜を観察している。

「連れてって悟空に食われたら、まずいんじゃねぇの？」

白竜と戯《たわむ》れる悟空を顎《あご》で示しながら八戒に向けた言葉に、悟空が過剰な反応を返す。

「えっ!?」

驚愕《きょうがく》に目を見開いて、次いで一言。

「こいつマズイの？」

今度は悟浄と八戒が目を見開く番だった。

最初に言語能力を取り戻したのは悟浄で、身体を震わせるようにして喉《のど》の奥で笑いながら、

「不味《まず》いぜ、きっと」

と、告げる。

「そっか…マズイんだ」

しみじみと言う悟空の言葉に、悟浄の笑いはより大きくなってゆく。

八戒といえば、先程の嬉々《きき》とした無邪気な顔が『おいしそう』という意味で無いことを祈るのみだった。

「…悟空、とにかく行きましょう」

そう促《うなが》しながら、さりげなく悟空の手から白竜の身を確保する。

八戒に並ぶように悟空が続き、未だ笑いの発作が収まらない悟浄が少し遅れる形で、彼らは寺院へと向かって行った。

# 第4章

一

——いつ見てもすげぇ建物だな。

見上げなければその全貌《ぜんぼう》を確認することの出来ない高い門の前で、悟浄《ごじょう》はそう思う。

高さだけでなく、幅も厚みも桁違《けたちが》いだ。

まるで侵入しようとする者を拒否しているかのような姿。

そんな威圧感さえ感じさせる寺院の正門を、自分の家のような気軽さで、先を歩く悟空《ごくう》はくぐって行った。

いや、違うか。

『ような』ではなく、確かにここは悟空の家なのだ。

自身の考え違いに気付き訂正を入れれば、今度は一つの疑問が生まれる。

何故、悟空は寺院《ここ》にいるのだろう？

自分だけでなく、悟空にとっても、寺院《ここ》は不釣り合いな場所に思えた。

妖力制御装置をつけてしまえば、外見で人間と妖怪を区別することは不可能だが、悟浄には、雰囲気というか気配で区別できてしまう時がある。

実際特技と言っていいぐらいの的中率を誇ってる自分が、過去この場所で出会ったのは、人間だけだった。

「なぁ、八戒《はっかい》」

悟空に続いて門の中に入ろうとしていた八戒の背を呼び止める。

八戒がその声に振り返るのを待つことなく、悟浄は言葉を続ける。

「寺院《ここ》で悟空以外の妖怪に会ったことって、あるか？」

言い終えると同時に、体ごと悟浄の方に向き直った八戒と視線が合う。

「ないです」

八戒から返されたのは、妖力制御装置をつけていたら分からないのでは？　等の前置きもない断定の言葉。

「随分自信たっぷりじゃん」

「というか、あり得ないんです、普通は。表向きには種族の隔《へだ》てなく門を開いているということになってますけど…」

信仰するのは自由だ。

だが、妖怪を僧侶として受け入れている寺院など、ありはしないのが現実。

「表があれば当然裏事情もあるってわけね」

納得したように頷《うなず》いた悟浄が、再び門を見上げる。

この門に感じた『拒絶』は、己の中に流れる半分の血のためなのか。

「自己防衛というには、妖怪の持つ爪と牙は鋭すぎるんです」

ぽつりと呟《つぶや》かれた言葉に八戒を見れば、つい今しがたの悟浄のように門を見つめている。

「まぁ、確かにそーだわな」

無表情に近いその顔を眺めながら、そう同意する。

彼も悟浄と同じように、この場所に威圧感めいたものを感じているのだろうか？

「何やってんだよ。早く来いって！」

眺めていた門の内側から悟空の声が聞こえてきて、両者の思考は中断される。

大分離れた位置からこちらを向いて声を張り上げてる悟空は、なかなか門を潜《くぐ》らない八戒と悟浄に焦《じ》れているようだ。

「行きましょうか、悟浄」

顔を合わせてそう促《うなが》してから、八戒は一つ息を吐《は》く。

この門を潜《くぐ》れば、容疑者として扱おうとする僧侶たちと、あくまでいつも通り会いに来た知人で押し切ろうとする悟空との間に一騒動起《ひとそうどうお》こらない訳がない。

何が起こってもいいように、それなりの覚悟は必要だ。

一騒動《ひとそうどう》で済めばいいんですけどね…。

あまり期待出来そうにない願いを胸に、八戒は門を潜《くぐ》った

二

八戒の予想通り、彼が訪れたことで、一時寺院は騒然となった。

僧たちは八戒を大量虐殺者と決めてかかっているのだ。

そんな危険人物が拘束《こうそく》さえなしでひょこっと現れたのだから、無理もない。

そしてこれまた予想通りの口論のすえ、出された妥協案。

僧侶側は八戒と悟浄に、三蔵《さんぞう》が戻るまで用意した一室で待機することと、その部屋の出入り口に見張りを立たせるという二つを要求してきた。

現状ではその要求を呑《の》むしか術《すべ》はなく、八戒と悟浄は案内の僧侶の後に続いて、長い回廊を進んでいった。

そうして案内されたのは、家具と呼べる物が簡素な二組のベットと引き出しが四つの小さな箪笥《たんす》のみの質素な部屋。

それだけの家具で、部屋の大半が占められてしまうほどこじんまりとしている。

恐らく修行僧にあてがわれている部屋なのだろう。

「しけた部屋だな」

とりあえず文句をつけてから、悟浄は向かって右側にあるベットに腰を下ろした。

三蔵の帰還を待つ以外特にやることもないので、八戒も倣《なら》うように左側のベットに腰を落ち着ける。

そうするとベットの頭の方にある窓から、寺院の中央に設けられているちょっとした湖ぐらいはあるだろう大きな水路が見えた。

その端々《はしばし》に、水路を渡るための船が繋ぎ留めてある。

場合によっては、回廊を歩くより船で渡った方が早く目的地に付くことがあるほど、この建物の中は複雑で広い。

「げっ。ここ、灰皿ねぇじゃん」

八戒の横では、早速煙草を取り出しライターで火をつけようとした悟浄が、灰皿がないことに気付き不満そうな声を出す。

何か変わりになりそうな物はないかと辺りを見回すが、必要最低限の家具しか置かれてないこの部屋に、そんな都合のいいものがあるわけなかった。

「悟浄、ここは宿じゃなくて寺院なんですから」

「けど、三蔵の部屋にはあったぜ？」

「あの人を僧侶の基準にしないで下さい」

この場合、灰皿がある三蔵の部屋のほうがおかしいのだ。

更に付け加えるならば、彼の部屋には酒もあるし拳銃もある。

どう考えても、あそこは仏門に身を置く人物の部屋ではない。

だが、八戒のもっともな忠告を耳にしても、まだ諦め切れないのか悟浄は指先で煙草を弄《もてあそ》んでいる。

この窓から抜け出して、三蔵の部屋から灰皿と、ついでに酒を持ってくると言い出すのは時間の問題だろう。

「この窓からさぁ…」

「止《や》めておいた方がいいですよ」

「…て、まだ何もいってないだろ」

「皆まで聞かなくとも分かります。三蔵の部屋から持ってくる気でしょう？」

図星だったので、悟浄はうっと言葉に詰まる。

自分の行動を見通されているようで、なんとなく悔しい。

「第一、この場所から三蔵の部屋の位置とか分かるんですか？」

先程まで眺めていた水路からも分かるように、寺院《ここ》は一般庶民の感覚を麻痺《まひ》させるに十分な広さを誇っている。

その中で悟浄が知っている通路と言えば、門から三蔵の執務室までの最短ルートのみなのだ。

特殊で入り組んだ造りをしているこの建物の中、自分の現在地さえ分からないままに動くのは無謀というもの。

煙草をしまって、悟浄は諦めの溜め息を付く。

この部屋に案内された回廊をもう一度一人で戻ってみろと言われても、まず悟浄には不可能だ。

「後で悟空に頼んで持ってきてもらうといいですよ」

「後でって、いつになんだよ」

悟浄と八戒がこの部屋に案内された直後、『こいつ、翼《よく》に見せてくる』と言って白竜を連れて去って行ったきり、そのままだった。

流石《さすが》に悟空が寺院内で迷うはずはないと思うが、遊ぶのに夢中になっていた場合、次に白竜を連れてこの部屋を訪れるのがいつになるかなど、見当が付かない。

「言っとくけど俺のガマンは一時間もたねぇからな」

あまり威張れたものでない台詞《せりふ》を堂々と吐いた悟浄は、両手を頭の後ろで組み、勢いよく仰向《あおむ》けにベットに倒れ込んだ。

「やっぱ、寺院なんてろくでもねぇとこだな」

ぼやいて、ベットの上で転がるように身体を反転させた。

「そのろくでもねぇとこに、何であいつはいるんだろうな」

うつ伏せに寝転がって顔を八戒の方に向けると、おもむろにそう切り出す。

「あいつ…って、悟空ですか？　それとも三蔵ですか？」

八戒の問いに、悟浄は答えるより先に成る程と納得してしまう。

確かにこの場所は三蔵にも不釣り合いかも知れない。

だが、彼に関して問うなら『何で坊主になんかなったんだ？』か、もしくは回りの人間に『何であんな奴を坊主にしたんだ』のどちらかだろう。

それよりも、悟浄がこの場所に違和感を感じているのは、

「悟空の方」

以前から薄々感じてはいたが、今回の件ではっきりした。

ここで、悟空に向けられている視線は好意と正反対のものだ。

普段はオブラートに包むようにして辛うじて保たれていた仮面が、非常事態で崩《くず》れ落《お》ちれば、そこには妖怪を忌《い》む人間の顔がある。

高い壁で囲まれたぶん外の世界より、ここはその傾向が顕著で。

堅苦しく、息苦しく、重苦しいだけの場所だ。

そんなところに何故好き好んで悟空は身を置いているのか？

「居心地がいいからじゃないんですか？」

「………は？」

突拍子も無く告げられた八戒の言葉が、実は先程の悟浄の問いに対する答えだと気付くのに、馬鹿みたいに時間を要してしまった。

なにしろ、悟浄は今、全く正反対のこと考えていたのだ。

「居心地がいいって…この場所がかぁ？」

「この場所ではなく、誰かの隣りが、です」

『誰か』が指す人物は、悟浄にもすぐに見当がついた。

だから忙《せわ》しなく繰り返された瞬《まばた》きは、疑問ではなく純粋な驚きから。

「一番大切な人が側《そば》にいれば、その他大勢の悪意なんて取るに足らないものなんじゃないですか？」

真実味のある言葉が、問いの形で向けられた。

だが、答える言葉を悟浄は知らない。

そんなふうに思える相手に、悟浄はまだ出会っていない。

いや、『相手』がどうとか、そういう事ではない。

問題があるとすれば、誰に対しても何に対しても中途半端な自分自身。

「…それって、経験からか？」

答えられないことをごまかすように、分かり切ったことを悟浄は口にした。

八戒が見せた淡い笑みは、恐らく悟浄の予想通り、肯定の証しなのだろう。

無理をして作った笑みではない。

だが、屈託が無いと言える笑みでもない。

出会った幸せと、失った悲しみ。

八戒の中でそのどちらが大きいのか判断付かないまま、悟浄の中で羨望《せんぼう》にも似た思いと、その逆の感情が膨《ふく》れ上《あ》がった。

完全に同化することのない二つの感情の渦に引き込まれそうになる感覚は、気分の悪いときに酒を煽《あお》ったのと同じような胸焼けを引き起こす。

だが、完全に悪酔いする前に、扉の向こうからぼそぼそと会話が聞こえてきた。

会話は低い声で交わされているらしく、防音効果の低い扉を通してでさえ内容までは聞き取れない。

しばらくすると来訪を告げる言葉と行動を省略して、ドアノブを捻《ひね》る音が狭い室内に響いた。

悟浄がベットから上体を起こせば、開かれた扉の向こうにほんの数時間前に見た奉安《ほうあん》の姿があった。

その後ろに、ここまでの案内を努め更に見張りまで言い付かった僧侶の顔も見える。

何の断りもなく入室した奉安の後に見張りの僧侶も続こうとしたが、それを拒《こば》むかのように奉安はすぐさま後ろ手に扉を閉める。

悟浄の家を訪れたときとは違って一人の共も連れてないのは、自分の領域内だという自負からなのだろうか。

「話は聞いた」

経を読めばさぞ有り難く聞こえるだろう、低くよく通る声が告げる。

滞在の条件を決めるとき、運が良かったのか悪かったのか、奉安は外へ出ていて不在だった。

だから話に応じたのは別の僧だったのだが、その男から事の成り行きを聞いての訪問なのだろう。

「主《ぬし》がここにいる間に再び大量虐殺が起これば、それが無実の証明となると言ったそうだな」

扉に背が付くか付かないかという位置から動かないまま、視線を八戒に向けて問う。

ほんの僅《わず》かの表情の変化も見逃さないとでもいいたげな奉安の視線に、八戒も慎重に言葉と態度を選ばなければならない。

「ええ、言いました」

余計な言葉も行動も殺《そ》いで、淡々とただ頷《うなず》くことで肯定する。

「無実の証明という言葉を口にするのだから、あくまで容疑は否定するのだな」

「はい」

「こちらには証拠がある、と言ってもか？」

薄く、口元だけで奉安は笑った。

その笑みが、様子を伺《うかが》っていた悟浄のカンに障る。

「その証拠ってヤツ、一体なんなんだ？」

チラリと奉安は悟浄を見たが、すぐに興味が失せたとでもいいたげにその視線は八戒へ戻された。

あくまで八戒と話を進めるつもりで、悟浄は邪魔者とだけ認識されているらしい。

完璧に近い形で無視された悟浄は、ますますもって面白くない。

「その証拠っての、本当に百パーセント八戒だって断定出来るものなワケ？」

「残念ながら、そこまでは言い切れないな」

視線は八戒に向けたままだったが、今度は返答があった。

「じゃあ、八戒だって決まったわけじゃ…」

「だが！」

殊更《ことさら》大きな声は、悟浄の言葉を遮《さえぎ》るため。

「この男以外、当てはまる者がいないのは事実だ」

「消去法かよ」

投げやりな言葉と竦《すく》めた肩で、悟浄は呆れを最大限に表現した。

「何なんですか？　その証拠というのは」

当事者を脇に置いて交わされる口論を、八戒が止める。

悟浄も、奉安がここまで自信を持って言う証拠が何なのか気にならない訳ではないので、口を閉ざした。

それが何なのか分からないことには、この不毛な水掛け論は終わらないと、そう思ったのだ。

聞いてみて、その証拠とやらがくだらないものだったら、思うざま笑い飛ばしてやればいい。

「三つの村の住人がことごとく殺された中で、唯一助かった子供の証言なのだが…」

待ち望む視線を受けながら、もったいぶるように奉安は一度言葉を切った。

「聞いたそうだ。繰り返し繰り返し『花喃《かなん》』と呼ぶ声を」

言い終えたとき、奉安の顔には既に勝ち誇ったような笑みが作られていた。

「花喃。この名に聞き覚えはあるな?」

否定を許さない奉安の声音《こわね》に悟浄が八戒を見ると、見慣れた横顔に、見慣れない表情が浮かんでいる。

見開かれた、湖水《こすい》を思わせる色の瞳。

一度開きかけた唇が、言葉を見つけ出せずに再び閉ざされる。

心持ち青ざめた八戒に、奉安の笑みが暗く、そして深くなる。

言葉こそなかったが、奉安にとっては確信を得るに十分な反応だったのだろう。

「明日が楽しみだな」

そんな一言を置き土産に、奉安は部屋から出て行った。

三

時間が、止まったかのようだった。

無論そんなこと実際にあり得るはずはないので、これは悟浄の錯覚だ。

薄い壁と薄い扉に囲まれたこの部屋の中だけが、外界の時間の流れから外れたかのように感じるだけ。

そう思わせるほど、悟浄の視線の先の八戒は、身じろぎ一つせずにただ一点を見つめている。

八戒が見つめているのは、床についた自身の足の、その少し先。

たまたま視線が固定されたのがそこだったというだけで、別に何があるという訳ではない。

途絶えがちな瞬《まばた》きさえなければ、まるで絵画のような静けさを纏《まと》わり付かせてから、一体どのぐらいの時間が経過したのだろう。

気になった悟浄は改めて室内に視線をさ迷わせて、この部屋に時間を示すものが何一つ無いことを知る。

よくよく考えて見れば、どのぐらいの時間が経過したのかを知るには、この状況に陥《おちい》った最初の時間を知らなければならないので、端《はな》から無理な話だった。

そうなると、今度は現在の時間が気になる。

流石《さすが》にもう一度室内を見回す気にはなれなかったので、悟浄は立ち上がって外を覗《のぞ》けるように窓へと移動した。

外の景色に時間を知る手掛かりがあればいいとの期待は、見事に裏切られる。

立ち並ぶ高い建物が邪魔をして、太陽の位置さえ見えない。

とは言え、悟浄は太陽の微妙な位置で、正確な時間を判断出来るという特技を持ち合わせてはいない。

見えたとしても、時間を知るうえでたいした参考にはならないという事実は、とりあえずないことにして、自分の望むようにならない苛立《いらだ》ちを吐き出す息に乗せる。

重なるように、同時にじゃらっと金属の擦《こす》れる音が背後から聞こえた。

静まり返った室内だからこそ聞き取れた、その微《かす》かな音の発信源を辿《たど》って振り返れば、視界には、俯《うつむ》き加減だった八戒の背中。

その背が僅《わず》かに伸ばされ、左の手のひらに小さな丸い物体がのせられている。

先程の金属音は、その丸い物体より伸ばされた細く長い鎖が奏《かな》でたものらしい。

数歩移動して八戒の脇に立つと、上体をかがめるようにして悟浄は左の手の中を覗《のぞ》き込んだ。

「何だお前時計持ってんじゃん」

八戒が眺めていたのは懐中時計だった。

気になっていた時間を確認出来るので、悟浄の声は自然と軽い物になる。

しかし、文字盤を見ていた悟浄はすぐさま眉をひそめた。

短針と長針が指し示しているのは一時二十三分。

基準にするものがなく時間の感覚があやふやになっているとは言え、いくらなんでもおかしい。

もう二、三時間は経過していて当然なのに…。

時間の狂いを指摘しようとして、喉《のど》まで出かかった言葉を途中で悟浄は飲み込んだ。

先程から凝視しているが、短針どころか長針さえも揺れない。

文字盤を覆《おお》う硝子《ガラス》に数本の亀裂の入ったこの時計は、狂っているのではなく、壊れているのだということを悟る。

過去という言葉で括《くく》られるとある日の一時二十三分から、この物体は時計ではなくなったのだろう。

「この時計が教えてくれたんです。僕が大切なものを失った時間を」

抑揚《よくよう》のない八戒の声が、結論だけを端的に告げる。


——あの日。


塾の生徒たちと遊んでいたため帰るのが遅くなった八戒を待っていたのは、惨状《さんじょう》と言っていいほど荒らされた無人の家。

そこに、既に彼女の姿はなかった。

なぎ倒されている家具が、連れ去られるとき、彼女が多少なりと抵抗したことを告げていた。

この懐中時計を落としたとしたら、そのときだろう。

鎖は切れ、硝子盤《ガラスばん》に亀裂が入った時計の針が指し示していたのは、一時二十三分。

この時計の本来の持ち主の運命と、自分の運命が大きく変わった瞬間。

「そして僕は、大切なものを取り戻すことが出来なかった…」

軽く振り返り悟浄と視線を合わせて、八戒は告げる。

「…大事なモンなら、修理に出せば？」

気使いが伺《うかが》える悟浄の言葉に、八戒は緩《ゆる》く首を振る。

あの日から肌身離さず持ち歩いているが、修理に出そうと思ったことは一度もない。

「これは、時計じゃないから…」

あの日の一時二十三分より、時間を教えるものではなくなった。

「たった一つの…形見なんです」

両の手で、祈るようにしてそっと握り締める。

この手に掴《つか》めなかった、命の代わりに。

「前の持ち主って…」

声に出すことにためらいを感じ、幾度か失敗を繰り返した末に、なんとか口に出せた言葉は、情けなくも尻切れとなってしまう。

発せられなかった言葉のせいで意味不明となった悟浄の問いかけだったが、八戒は正確にその意図するところを掴《つか》んでいた。

「この時計の持ち主は僕の姉の…花喃です」

告げられた言葉に、悟浄は唇を噛《か》む。

混乱しかける頭は、そんな微《かす》かな痛みでは押し止めることが出来ない。

八戒は『花喃』を取り戻すために大量虐殺を行った。

その『花喃』の名を呼びながら、大量虐殺を繰り返している者がいる。

「だからって…！」

自身の思考を否定するような、吐き捨てるような悟浄の声が、狭い室内に響いた。

恐らく扉の向こうで見張りをしている人物にも聞こえているだろうが、そんなの知ったことではない。

無反応な八戒を責めるように、きつく視線を合わせる。

「お前はやってねぇんだろ。ならそのツラなんとかしとけ。そんなんじゃ、あのジジイに付け込まれるぜ？」

悟浄の言葉に、八戒は最小限の動きで視線を逸《そ》らした。

逃げるようなその動作に、かっとして悟浄が声を荒げる。

「おい、聞いてんのか？　ちゃんと否定しろよ。やってねぇって！」

「分からないんです！」

初めて耳にする、撥《は》ね付《つ》けるような八戒の声。

悟浄が息を呑《の》んでたじろいだのに気付いたのか、言葉とおなじ鋭さで向けられた視線が気まずそうに逸《そ》らされた。

「…すみません…」

消え入りそうな声に、悟浄は我に返る。

「…いや…別に…それより、分からないって…？」

「言葉の通りです。悟空が言ってましたよね。翼という少年は襲われたときの記憶が曖昧《あいまい》だと。同じように僕は街を襲ったという事実を忘れているだけかも知れない」

八戒の口調は、いつの間にか普段通りの飄々《ひょうひょう》としたものに戻っていた。

それだけに、感情が読めない。

語られた内容も、にわかに受け入れられるようなものではなかった。

「そんなこと簡単に…」

「簡単に出来てしまうんですよ。ここは」

悟浄の言葉を遮《さえぎ》って、八戒は自分の頭を指で指し示す。

「自分の都合のいいように記憶を再編集してしまうことが、出来るんです」

――つまり。

「………自分がやったって思ってんのか？」

低く唸《うね》るような声が、悟浄の喉《のど》から生み出される。

「可能性は否定出来なくなりました」

こんな台詞《せりふ》さえも、他人事《ひとごと》のように八戒は口にする。

「お前が、見ず知らずの人間を襲う理由は？」

「理由なんか要《い》らないでしょう。あのとき僕は花喃以外の全てを憎んでいましたからね。その感情が僕の奥底に潜《ひそ》んでいて、無意識に大量虐殺を犯しているなんてことが、ないとも限りません」

穏やかな笑みを浮かべて言う内容ではない。

ぎりっと音がしそうなほど奥歯をきつく噛《か》み締《し》めて、悟浄は感情のままに叫びたい気持ちをぐっと堪える。

「…お前さぁ、自分信じようって気、ないだろ？」

「言いましたよね、僕は花喃以外の全てを憎んでたって。それは僕自身も例外じゃないんです」

むしろ、何よりも、誰よりも憎んでいたかもしれない。

何も出来なかった、してやれなかった自分自身を。

「憎んでいる相手を信じるなんてこと、出来ますか?」

答えず、悟浄は溜め息を付く。

何故こうまで自身を追い詰めるのか?

八戒の中ではもう、大量虐殺者は自分だという図式ができあがりつつあるらしい。

このままの会話を続けていても、その思いをより強固にするだけのように思えて言葉を発する気にはなれない。

この部屋に白旗が置いてあったなら、高々と掲《かか》げて振りたい気分だ。

そんな悟浄の心情も知らず、八戒は再び言葉を紡《つむ》ぐ。

「実際、あのときの記憶も曖昧《あいまい》なんです」

勝算も何もあったものではなく、ただ花喃を助け出したい一心で、百眼魔王《ひゃくがんまおう》の居城に乗り込んだ。

そのときの出来事で鮮明に思い出せるのは、ほんの一場面だけ。

花喃の姿を見つけた直後から、彼女が八戒の持っていたナイフを自身に突き刺そうとするところまでだけなのだ。

正直、彼女の死に顔すら思い出すことが出来ない。

そこにたどり着くまで、どんな顔の妖怪をどんなふうに殺したのかなどは、全く覚えていない。

思い出そうとすると、決まってあの日降りしきっていた雨音で頭が埋め尽くされ、何も考えられなくなってしまう。


「人間でなくなるほど大勢の妖怪を殺したのに…」

呟《つぶや》きは、悟浄に向けたものというより独白に近かったが…。


……えっ？


声にならない言葉。

本当に驚いたときは、眼を見開いている余裕すらなくなるということを、悟浄は初めて経験した。

一瞬にして固まった身体。

口が動かせるなら、こう問いたい。

今、何て言った？　と。

凍りついた空間に、扉の向こうから慌ただしい足音が響く。

意識がそれに向くと同時に、身体の強《こわ》ばりが僅《わず》かに溶けたような気がした。

――――今だ。

気負って、悟浄は息を吸い込む。

ばたんっ。

最初の音に口を開き掛けたとき。

大きな音を立てて、扉が開かれ悟浄は出端《でばな》を挫《くじ》かれた。

誰だ、と。

多少恨みがましい視線を向ければ、白竜を肩に乗せた悟空《ごくう》がいた。

「なに？」

室内の穏やかとは言い難い空気を悟ってか、大きな金の目が不思議そうに瞬《まばた》く。

「…何でもねぇよ…」

気負っていたものが一瞬にして四散してしまった悟浄は、力無く答えると数歩下がったところにあるベットに腰を下ろした。

悟浄の態度に少し首を捻《ひね》るがそれ以上の追求はせず、悟空は扉を閉めて八戒の元に駆け寄った。

「八戒、こいつ返す」

悟空が言うと、その肩に止まっていた白竜がぱたぱたと翼を動かして、八戒の膝《ひざ》に着地する。

「こいつ、言葉分かるのかな?」

感心したように、悟空が眺めている。

「少なくともお前より頭いいんじゃねぇの?」

「なんでそーなんだよ、悟浄っ」

言い合いを始める悟浄と悟空をよそに、白竜は八戒の膝《ひざ》の上で身体を丸めると安心したように目を閉じた。

「ガキの相手して疲れましたって感じだな」

白竜の行動を見た悟浄の言葉を、悟空が即座に否定する。

「ガキじゃねーし疲れるようなこともしてねーよ。翼《よく》いなかったんだから」

「いなかった?」

悟浄の問いに、悟空の表情が曇る。

「うん、長安《ちょうあん》に親戚がいて、引き取りにきたって」

翼にとって、たとえどんなに遠い血の繋《つな》がりだったとしても、親族の下で暮らす方がここにいるより自然だということぐらい、悟空にも分かる。

だから寂しくなるが、そのことについては文句を言わない。

腹立たしいのは、そのことを悟空に告げた男が『そんなこと、知る必要はない』の一言で、翼の親戚の家を教えてくれなかったことだ。

絶対に聞き出して、会いにいってやると、悟空は誓う。

「だから、翼の言ってた『証拠』ってのが何なのか、聞き出せなかったんだけど…」

慌てて、思い出したようにつけたす。

忘れそうになっていたが、悟空はこれを言いにここにきたのだ。

「ああ、それな…」

「それなら奉安さんから聞きましたよ」

白竜のたてがみを撫でながら、八戒が告げる。

「あいつきたの?」

途端に悟空の表情が、苦い物に変わった。

「…僕が、やったのかも知れません」

悟空は怪訝《けげん》な表情を浮かべ、悟浄は悟空がきたことで変わりかけた空気が再び重くなる感触に天井を仰《あお》ぐ。

「またあいつ何か言ってってたのか？」

「いえ、そうではなくて。僕に覚えがないだけなんじゃないかって」

「覚えがないんなら、八戒じゃないだろ。八戒がんなことするわけないじゃん」

当然のごとく言い切る悟空に、八戒は小さくほほ笑む。

「思い込みとか見た目とかで判断しない方がいいですよ、悟空」

真顔で、悟空は考え始める。

その真剣な表情のままで、

「八戒じゃない」

重ねて、確信に満ちた声で断じた。

「何故…？」

そこまで、迷いも無く言い切れるのだろう。

問いかける八戒自身の言葉には、迷いしかないというのに。

「だって、俺だけじゃなくて、三蔵《さんぞう》も八戒じゃないって言ってたし…」

記憶力にあまり自信の無い悟空は、先日三蔵と交わした会話をしっかりと思い出すために、間をおいて、

「うん。やっぱ、八戒じゃねーよ」

過ぎ去った真夏の太陽を思わせる笑顔で、駄目押しをする悟空と、どういう反応を返せばいいのか分からず、心底困ったという表情を浮かべる八戒。

両者を同時に視界のフレームに収めて、悟浄は喉《のど》の奥から低い笑いを零《こぼ》す。

「お前の世界って、ほんと、三蔵が基準なのな」

「いいだろ、別にっ」

悟空はかみつくように言い放つが、否定はしない。

そんな姿が、余計に悟浄の笑みに拍車をかける。

足された分は、悪戯《いたずら》の結果を見届ける子供の期待に満ちた笑みだ。

自身の傷を抉《えぐ》り、とことんまで掘り下げるような八戒の思考に、先刻思わず上げてしまった白旗を、こっそりと下げなおす。

いい感じだと、内心ほくそ笑む。

あの鬱々《うつうつ》とした雰囲気のまま過ごすのは何が何でも遠慮したかったが、どうやら風は悟浄の望む方に吹き始めたらしい。

「悟空、三蔵の部屋から灰皿持ってきてくれよ。この部屋置いてねぇからさ」

人を馬鹿にしたような笑みを浮かべ続けると思ったら、今度はらしくなく下手にでた口調。

「…気持ち悪《ワリ》ぃ…」

この悟浄の変化に、悟空は薄気味悪さを感じて、僅《わず》かに身を引く。

悟浄のために動くのも嫌だが、これ以上ここにいて馬鹿にされるのも嫌なので、悟空はその言葉に従うことにして部屋を出る。

残るのは、今だ薄笑いを続ける悟浄と、そんな悟浄を呆れたように見やる八戒のみ。

「悟浄。悟空をからかって楽しいですか？」

八戒の責めるような言葉に、心外だと悟浄は首を振った。

「確かにあいつからかうのは楽しいけど、別に馬鹿にして笑ったわけじゃないぜ？　いや、馬鹿は馬鹿だけど…」

言ってる間に、更に濃度を増した疑わしげな視線に、やれやれと悟浄は肩を竦《ひそ》める。

「あいつは三蔵を馬鹿みたいに信じてんだなって、そう思っただけ」

「…三蔵は信じるに値する人だと思いますよ」

悟空をフォローするわけではなく、素直にそう思う。

短い付き合いだが、三蔵の言葉に裏が無いことは分かっている。

言葉も態度も極寒の地にふく風のごとくだし、本音を語る方でもなく、更に口数が多いわけでもない。

しかし、だからこそ語られる言葉は、そのときの彼の中の真実のみ。

「へぇ、お前も三蔵のこと信じてるわけ？」

「ええ」

頷《うなず》くと、我が意を得たりとばかりに、悟浄がにやっと笑う。

向けられたその笑みに、何故か八戒は悪い予感を覚えた。

「よし、言ったな。言ったからには信じろよ」

「…何を、ですか？」

八戒は少し警戒を強めて、尋ねた。

「決まってんだろ。大量虐殺の犯人はお前じゃないって言った三蔵様をだよ」

返された思いも寄らない言葉に、八戒は目を見開いて唖然《あぜん》と息を呑《の》む。

その様子に満足した悟浄の目は、反対に楽しそうに細められた。

「揚げ足取りって言葉、知ってますか？　悟浄」

「知らねぇな。鳥の唐揚げか何かか？」

「そんな悟空みたいなこと、言わないで下さい」

「言うねぇ、お前も」

心底楽しそうにもう一度笑いなおして、悟浄はベットに倒れ込む。

そのときになって始めて、窓から入ってくる明かりが微妙に赤を帯び始めたことに気が付いた。

日が、傾《かたむ》きかけている。

先程時間を気にして窓を覗《のぞ》いたときには分からなかったが、夕刻に差しかかっているようだ。

夕刻と言っても、秋も深まったこの頃は日没が早いので、まだ4時を少し回った程度だろうけれど。

普段なら活動を開始する時間帯なのだが、生憎《あいにく》今日はそうも言ってられない状況だ。

かと言ってここですることもないので、悟浄は夕寝を決め込むことにする。

恐らく未だに呆然とした表情を崩せないでいるだろう八戒をそのままに、悟浄は目を閉じた。

大体ここ数日は、八戒の膝《ひざ》のうえでのほほんと寝ている白竜のお陰で、寝不足だったのだ
一瞬、起き上がって八戒に文句の一つでも言ってから寝ようかと思った。

が『夜遊びを控えたらどうですか』と返されるのがオチだと悟り、諦める。

瞼《まぶた》を閉じているにも拘《かか》わらず、薄い皮膚を通して光を感じる。
徐々に濃さを増す赤に比例して、悟浄の意識は微睡《まどろ》んでいった。

# 第5章

SAIYUKI

一

「もうそろそろ、止《や》めにしませんか？」

控えめな八戒《はっかい》の提案に、射るように鋭い色違いの二対の視線が返される。

「冗談じゃないっ！」

同じ言葉を発する二人の鬼気迫る勢いに呑《の》まれて、八戒は小さくはいと頷《うなず》く。

この部屋には時計がないのではっきりとは言えないが、恐らく日付が変わるか否かといった頃だろう。

本来なら一日の疲れを取るためにベットに入っていて然《しか》るべき時間。

なのに、どうしてこんなことになってしまったのか。

悟浄《ごじょう》と悟空《ごくう》が投げ散らかしたカードを集めながら考える。

三蔵《さんぞう》の部屋から持ち出したトランプを携《たずさ》えて悟空が訪問してきたのは、野菜のみを使用した簡素な夕食を終えてすぐだった。

暇を持て余していた悟浄が喜んで飛びつけば、当然のように八戒も巻き込まれることとなり、男三人が一つのベッドに腰掛けてゲームに興じてはや数時間。

使用されているベッドは八戒が使うつもりでいた方なので、このゲームが終わらない限り横になることはできないだろう。

悟浄が夕寝をした方のベットにもぐりこむという方法を取ろうにも、そこに脱ぎ捨てられた彼の上着が、持ち主に代わって自己主張している。

なにより、この異様な盛り上がりの中、八戒一人抜けられるような状況ではない。

「貸せ、今度は俺が配る」

集め終えたカードをそろえてシャッフルしていると、横から悟浄の手が伸びてきてカードを奪ってゆく。

悟浄のその行動に、意義を唱《とな》えたのは悟空だった。

「悟浄、イカサマする気だろ?」

「てめーじゃねーよ」

「俺だってしねーよ」

「ああ、そーだよな。お前、イカサマできるほど器用じゃねーもんな。悪かったなぁ」

悟浄の売り言葉を、

「なっ…カードすり替えるぐらい、できるに決まってんだろ!」

すぐさま悟空が言い値で買い上げる。

こうなっては、もう止まらない。

「やっぱイカサマやる気じゃねーか、このバカ猿」

「やんねーって、言ってんだろっ！」

手近にあった枕で、悟空はぼすぼすと悟浄へ攻撃を加える。

痛みはさほど感じないが、このままではカードが配れない。

「あーもう、ラチが明かねぇ。八戒、お前配れ」

悟浄はそう言うと、持っていたカードを八戒の手に押し付けた。

「………悟浄が自分で配るって言って、僕から取っていったんですけど？」

数分振りに手元に戻ってきたカードをぱらぱら弄《いじ》りながら上目使いで非難しても、効果はゼロ。

それどころか。

「悟空がいちゃもんつけるのが悪ぃんだろ」

「悟浄がズルしようとするからだろーがっ！」

不本意なことに、八戒の言葉は更なる言い合いの火種となってしまった。

互いに責任を押し付け合うさまは、はっきりいって幼児レベルである。

付け加えるなら、誰がカードを配るかという論争が起こったのはこれで三度目だ。

自分はこんなに付き合いのいい性格だっただろうかと思う反面、そろそろ本格的に限界を感じつつあった。

「本当にもう止《や》めませんか?」

「やだっ。このままだと八戒が十八勝、悟浄が九勝で、七勝の俺がビリじゃん」

「悟空、てめぇ都合よく数変えてんじゃんねぇよ。お前まだ五勝だろーが」

「違うっ！　七勝！」

「じゃあ、二人で勝負つけるってのはどうですか?」

「却下っ！」

喧々囂々《けんけんごうごう》としたそれまでの言い合いが嘘に思えるほど、ぴったりと息の重なった声。

「八戒に勝つまでやるかんな、俺は」

「そーそ。勝ち逃げなんて絶対ダメ」

はた迷惑な覚悟を決め、ぎゃいぎゃいと目の前でまくし立てる二人を見るに、今晩は徹夜の覚悟をする必要がありそうだ。

わざと負けると言う手段は使えない。

以前その方法をとったらあっさりばれてしまい、却《かえ》ってその後の二人のやる気に油を注ぐ結果となったことは記憶に新しい。

「分かりました。じゃあ配りますよ」

順に、カードを配ってゆく。

悟空は五枚配り終えるのすら待てないのか、自分の前に放られたカードをすぐ手にして見ている。

配りながらちらっとその表情を伺《うかが》えば、四枚目のカードを裏返して見た直後の顔が、隠しようもないほど喜色に満ちていた。

どうやら、なかなかいいカードが揃ってるらしい。

このメンバーでカードゲームをするときの悟空の敗因が、感情が表情に現れてしまうことだと気付くのは、いつのことだろう?

まぁ、気付いたからといって、そう簡単に悟空にポーカーフェイスが身につくとも思えないのだけれども。

続いて悟浄の前に四枚目のカードを置くが、悟浄も自分に配られたカードではなく横目で悟空の様子を伺っている。

恐らく同じようなことを感じているのだろう。

彼は流石《さすが》にこれで食べているだけあって、どんなカードを引いてもその余裕のある表情を崩すことはない。

ハッタリをかますことに慣れているあたりは、勝負師と言えなくもないだろう。

八戒自身も感情を読ませない笑みを得意としているので、この勝負、最初から悟空には不利なのだ。

負けが立て込んでも仕方ないことなのだが、負けん気の強い悟空にそう告げたところで、馬に念仏を聞かせるより無意味だろう。

ちなみに今は不在の悟空の保護者がゲームに加わった場合も、悟空はただその順位を下げるのみだ。

全員にカードを配り終えた八戒が自分のカードをめくる。

それを合図に、通算何回目になるか分からない深夜の勝負が始まった。

二

最初にそれに気が付いたのは、悟空だった。

じっとカードに注がれていた視線が、右側に位置する扉をじっと凝視したのが最初。

「どーしたぁ？　悟空」

短くなった煙草を、悟空に持ってこさせた灰皿に押し付け、カードを持たない右手一本で器用に新しい煙草を口に銜《くわ》えた悟浄が、不思議そうに話しかける。

「…ん——、何か変だ」

悟空の視線を追うように、八戒と悟浄も扉に視線を向けるが。

「気のせいなんじゃねぇの？」

ライターで煙草の先に火をつけている悟浄は、既に扉から興味を失っていた。

だが、八戒は何か思うところがあったのか、手持ちのカードを素早くまとめて裏返しにベッドの上に置くと、体を捻《ひね》り上体を伸ばすようにして、闇色に染まった窓の向こうを眺める。

「でも、なーんか騒がしい感じがする…」

重ねてそう言われても、悟浄には特に何も聞こえて来ない。

大体、日の出と共に活動を開始する僧侶など、見張りの者を抜かせば寝ていて当然の時間帯ではないか。

「やっぱお前の気のせいだって」

「いえ、そうでもないみたいですよ」

硬い声音が、告げた。

何か見つけたのか、八戒は立ち上がり、声同様硬い表情のまま窓まで移動した。

「悟空、覗《のぞ》くなよ」

悟浄もカードをベッドに置いてから、八戒の後に続く。

そのさい、悟空に釘を刺すことも忘れない。

常なら『んなことしねーよ！』と噛《か》み付《つ》いてくるはずだが、それがなかった。

悟空の全神経が、少しずつ自分を取り巻こうをしている何かを見極めることに集中しているからだろうか。

八戒に並ぶようにして眺めた窓の向こうの空には、雲がかかっているのか月も星もなく、ただ重い闇だけが存在していた。

少し視線を下げても、ところどころに灯された篝火《かがりび》で寺院全体を明るくするのは到底無理な話で、当然のように視界は悪い。

だからこそ、目についたのだ。

鬼火のように浮遊する物体が。

「…っ何だよ、あれ？」

一瞬、悟浄は本気で息を呑《の》む。

だが闇に目が慣れてくれば、移動する焔《ほのお》の側に、人の頭と腕があることがわかる。

何てことはない。

篝火《かがりび》を持った僧侶の姿が、遠目に不可思議な現象に見えただけのこと。

ただそれだけなのだが、そう言い捨ててしまうには…。

「数が多いな…」

深夜、これだけの数の僧侶が動き回るなど不自然だ。

しかも、篝火《かがりび》の移動速度からして、だいぶ慌ただしく動き回っているように思える。

眺めていると、どたどたと廊下を走る音が聞こえてきた。

それはだんだんをこちらに近付いてきている。

この寺院で、悟空以外の人物のこんなにも慌ただしい足音を聞くのは初めてだ。

悟浄が気のせいだと一笑した先の悟空の言葉は、当たっていたようだ。

悟空は、彼らより一足早くこの音を聞き付けていたのだろう。

この一角は修行僧の部屋になっているのだが、他の部屋で休んでいた者も、いつもと違う雰囲気に目を覚ましたのか、ぼそぼそと低い話し声までもが聞こえてくる。

「ひょっとして…」

ある予感に、悟浄は八戒を見る。

八戒はその視線に答えないで、足早に扉へと向かった。

八戒にしては些《いささ》か乱暴に戸を開け、素早く巡《めぐ》らせた視線で彼らを見張っていた僧を捕らえる。

「何があったんですか？」

「そ、それが、私にも…」

八戒と同い年ぐらいに見える若い僧は、分からないと、たどたどしく首を横に振る。

仕方なく、八戒は彼の脇を通り廊下へ出た。

「あ、部屋から出てもらっては困りっ…？」

慌てて止めにはいる言葉の途中で、悟浄がその肩を掴《つか》んで押しやった。

「はい、どいたどいた」

その隙《すき》に、悟空も廊下へと飛び出す。

「困りますっ。私は奉安様《ほうあんさま》より貴方がたの見張りをおおせ付かって…」

最後まで言わせず、悟浄が肩に腕を回して引き寄せた。

「そーだよな、俺たち見逃したら怒られるよなぁ。じゃあさ、一発ぶん殴って気絶させてやろーか？　そうすりゃ、実力行使されましたって言い訳できるぜぇ？」

肩を組んでにこやかな笑顔で言ってのけるさまは、一見古くからの友人に接しているようであった。

だが、声音《こわね》と語られている内容が、全く一致してない。

心なしか青ざめた僧が、一瞬の躊躇《ちゅうちょ》の末、ぶんぶんと勢いよく首を横に振る英断を成し遂げた。

「そっか。じゃ、おとなしく行かせてくれるよな」

気持ち悪いほどの猫なで声に、すぐ側で悟空が『げっ』と呟《つぶや》き、八戒がご愁傷様《しゅうしょうさま》ですと僧に向かって手を合わせている。

それらを無視して、悟浄は僧の顔を覗《のぞ》き込《こ》んでにっこりほほ笑む。

ガクガクと音がしそうなほど首が縦に振られたのを確認して、悟浄が僧を解放すると、おののいている彼をそのままに駆け出した。

寺院内に詳しい悟空を先頭に、その後にほぼ並ぶ形で悟浄と八戒が続く。

「見事な悪役ぶりですねぇ」

走りながら、しみじみと八戒が漏らした。

嫌みでなく、心からの感嘆というのが余計に始末に負えない。

「言っとくけどな、『にっこり笑顔で脅迫』ってのは、お前見習ったんだからな」

「僕、そんなことしましたっけ？」

とぼけてるならまだしも、本気で言っているのだろうか？

だとしたら、怖い。

「悟浄って元から悪役じゃなかったのか？」

「るせーぞ、猿。黙って案内しやがれ」

「あ、それなんだけどさぁ」

「馬鹿っ、止まるな」

急に悟空が振り返り立ち止まろうとしたので、悟浄は慌ててそれを止めた。

たとえ不慮の事故であっても男の胸に自らダイブするなど、死んでも御免だ。

「で、何だ？」

接触を免《まぬが》れた安堵《あんど》の息を付いてから、悟浄は改めて問いかける。

「うん。あのさぁ、どこに行きたいわけ？」

どうしようもない問いに、今床に付いたばかりの右足の膝《ひざ》ががくっと折れる。

大幅に態勢を崩したが、素早く左足を出すことでなんとか持ち直して、無様に倒れ込むことは回避した。

「…じゃあ、俺たちは今、どこに向かって走ってんだ…？」

確かにこれまでの会話に、目的地云々《うんぬん》の話しは出てきてないので、悟空ばかりを責める訳には行かない。

目的地は騒ぎの中心だが、それがどこかさえ分からないのだ。

「どーする、八戒」

「そうですね…」

何か判断の切っ掛けになるものはないかと、視線を辺りに巡《めぐ》らす。

だが、自室から廊下へと出ている僧たちの顔には、一様に不安が張り付けていた。

普通でないという確信はあるが、何が起こったのかまでは分かっていないのだろう。

皆、現状を説明し、指示してくれる者を求める顔をしている。

「悟空、なるべく広い回廊を選んで、正門へ案内して下さい」

「分かった」

八戒の指示に、悟空が頷《うなず》く。

「正門が、騒ぎの中心なのか?」

「分かりません。けど、騒ぎの中心が外ならどのみち正門に行かなければですし、騒ぎが寺院内なら正門に付くまでに分かるでしょう」

その情報を得るために、わざわざ人通りの多い、広い回廊を通るように頼んだのだ。

「なるほどね。で、何が起こってると思う？　大量虐殺だったら、あのジジイ、ザマーミロって感じだよな」

無視しているわけではないが答えない八戒に、悟浄は走りながら器用に肩を竦《すく》め、悟空の背を見失わないよう、先を急いだ。

三

悟浄曰《いわ》く『あのジジイ』こと奉安に出くわしたのは、それから三度ほど回廊を曲がった先だった。

こちらも驚いたが、奉安の方がその度合いが強いように思われた。

「何があったんだよ？」

八戒や悟浄に先《さき》んじてつっけんどんに尋ねた悟空に、奉安は額に深いしわを寄せた渋面《じゅうめん》で応じる。

悟空の奉安に対する姿勢は、奉安が悟空に対するものと同等か、それ以上に好意のかけらも含まれていない。

どうやら今回の件に関係なく、この奉安という人物を嫌っているらしい。

悟空の人懐《ひとなつ》っこい面しか知らなかった悟浄と八戒にとっては意外だが、相手が相手だと言えなくもない。

「何があったんだよっ！」

なかなかこない返答に苛立《いらだ》って、悟空は同じ言葉を更に強い口調で向けた。

「何があったのか、教えて下さい」

八戒が一歩前に進む。

かちりとあった視線を、奉安の方からぎこちなく逸《そ》らした。

その態度で、悟浄と八戒は何が起こっているのかを知る。

予想通り、だ。

「容疑者候補の八戒がここにいるのに、大量虐殺でも起こっちまったのか？」

悪意を隠さずに告げた悟浄の言葉に、険しい視線以外に何も返ってこない。

返したくても返す言葉がないのだろう。

代わりに、悟空が奉安に向けていた険しい顔を一変させ、八戒を振り返って破顔する。

「じゃあ、八戒の疑いは晴れたんだ」

「そ。晴れて無罪放免ってな」

先ほどの悟空の台詞《せりふ》ではないが、にやり、と悪役じみた笑みを湛《たた》えて、奉安を見やる。

「…お前の言う通りだ…どこへでも行くがいい」

強ばる奉安の唇から、呪詛《じゅそ》のように苦々しく言葉が吐き出された。

「おいおい、人疑っておいて一言の謝罪もなしかよ？」

悟浄は滲《にじ》み出る怒気を隠しもせずに、ゆっくり奉安に詰め寄ってゆくが、八戒がその腕を取って制止する。

「悟浄、もういいです」

「何がいいんだよ、大体…」

「奉安様っ！」

腹に溜め込んでいた文句を全てぶちまけようとしたが、突然現れた三人の僧侶に邪魔をされ、それは適《かな》わなかった。

三人のうち中央の一人は傷を負っているらしく、足を引きずっている。

両側で支える者がいなければ、歩くことさえ困難らしい。

「奉安様っ！」

近くまで来ると、もう一度悲愴《ひそう》な声で奉安を呼ぶ。

た。

「様子はどうだ?」

「駄目です。何やら怪しい術を使うようで、刃物さえ届きませんっ」

その言葉で、彼が今まで大量虐殺を犯している人物と対峙《たいじ》していたらしいことが分かった。

足の傷も、そのとき負ったものなのだろう。

「奉安様一体どうすればっ…?」

ヒステリーを起こした女の悲鳴のように裏返った声音《こわね》は、中年に差しかかろうとしている男の本来のものではないだろう。

それだけ、彼にとって切羽詰まった状態なのだ。

「…とにかく、三蔵様が戻られるまで持ちこたえさせろ」

「しかし、奉安様っ…」

それができるなら、言われるまでもなくとうにやっていると、男の表情が語っていた。

大体三蔵が戻るのがいつかだって、はっきりとは分からない。

日付のうえでは、三蔵が戻ってくると言っていた日だ。

だが『今日』はこの後二十四時間続くのだ。

奉安も、自分の出した指示がどれほど実行不可能なことなのか分からないわけではないらしく、喉《のど》の奥から苦汁《くじゅう》に満ちた唸《うな》りを発する。

「お話中すみませんが…」

進退窮《きわ》まった様子の両者の間に、八戒がやんわりと割って入った。

これから八戒が言うだろうことが予想でき、その内容に悟浄は頭痛を覚えて、手を額に押し当てた。

「どこへ行くのも自由だとおしゃってましたよね？　でしたらその事件の起きている場所に行きたいんで、教えていただきたいんですけど」

予想外の申し出に、奉安は目を瞬《しばた》いている。

「あ、俺も行くー」

まるで縁日か何かにでも行くかように、嬉々《きき》として悟空が右腕を上げる。

いや、悟空にとってはちょっと荒っぽい祭りと変わりないのかも知れない。

この場合物好きなのは…。

「八戒…お前バカみたいに人が良すぎ…」

呆れを、可能な限り長く長い溜め息で表現してみたが、八戒は一向に堪《こた》えたようすも見せない。

それどころか。

「そのバカに付き合ってくれる、悟浄ほどじゃないですけどね」

完全に自身の行動を見透かされてしまっているのが、悲しい。

否定できない自分が、このときばかりは憎々しく思えた。

# 第6章

S A I Y U K I

# 一

奉安から聞き出した場所は、意外と近くだった。

その広大な建物のせいか、寺院は長安《ちょうあん》中心部より少し外れた位置に立てられていたが、そこより更に離れた位置に、寺院の十分の一程度の修行専用の建物がある。

襲われたのはその場所だった。

そのため、一般人に被害は出ていないらしいが、それも『今のところ』である。

目的の場所に近付くと、悲鳴と血の匂いが流れてきた。

それらを運んできたのは、湿気を多分に含んだ生ぬるい風。

月と星を隠しているのは、ただの雲ではなく雨雲だったらしい。

重く張り付くような空気から、雨が降り始めるのは時間の問題と思えた。

延々続いた細い道が終わると、不意に視界が開ける。

しっかりした造りの門が構えられており、その奥に建物が連なっている。

その門の中から、意味をなさない悲鳴をあげて、一人の男が転がるように出てきた。

焦《あせ》りと恐怖のため足がもつれるらしく、三人の目前でもんどりうつように倒れる。

四つんばいになった態勢のままで、それでも這《は》うようにして少しでも門から離れようと試みている姿は必死だ。

「おい、大丈夫か？」

一番近くにいた悟空《ごくう》が駆け寄って、男が身を起こすのに手を貸す。

「……ない…」

がたがたと震える男が、悟空の腕の中で何事か呟《つぶや》く。

「えっ？」

「…奴は…妖怪でもない……化け物だっ…」

「…っおい、しっかりしろって…」

両腕で頭を抱えてうずくまってしまった男の体を揺すって、悟空はなんとか恐慌状態から引き戻そうと試みる。

その行動が功を奏したのか、それまで虚《うつ》ろだった目の焦点が、ある一点で結ばれる。

八戒《はっかい》の姿を捕らえた瞳が見開かれ、それと同時にわなわなと全身が震え出す。

「…っ助け……助けてくれっ…！」

叫んで、悟空の腕を突き飛ばす。

勢いで男も後に倒れ込んだが、その場にうずくまるとこちらを見ようともせずに、助けてくれと連呼している。

「…何なんだ、一体?」

悟浄《ごじょう》の言葉は悟空と八戒の思うところでもあった。

この男は、明かに八戒を見て脅《おび》えを強めた。

それの意味するところは?

立ち尽くした三人の耳に、別の男の悲鳴が門の奥より聞こえてきた。

弾かれたように我に返った悟空が、土を蹴り上げる勢いで門に向かう。

この男をどうするべきか考えたが、ここまで逃げてくれれば命の心配はまずないだろう。

そう判断した悟浄と八戒が、一瞬遅れて悟空に続く。

門をくぐる直前で、八戒はちらっと男を振り返った。

先ほどと寸分違《たが》わぬ位置で、同じ格好をしている。

脅《おび》えを体現したかのようなその姿に、胸に言いようのない圧迫感を覚えて、右手で服を握り締めた。

奥底に封じてしまった記憶の中に、先ほど見た恐怖と嫌悪と憎しみに染まった視線と同じものが、幾つもあったことを思い出す。

あの、雨の夜。

花喃《かなん》を助けたい一心で殺した数多《あまた》の妖怪たちが、同じような表情で自分を見ていた。

ぞくり、と。

不意に頬を掠《かす》めた水滴に、悪寒が走る。

――雨、だ。

空を見上げれば、闇の中に辛うじて存在していた僅《わず》かな明かりを奪って光る細い糸が、圧倒的な数で襲いかかってくる。

気圧《けお》されるように後ずされば、足元からじゃりと、耳障りな音が聞こえてきた。

「……あ…」

その音で、過去と現在の記憶の狭間からようやく抜け出せた。

だが、それでも逃すまいと追いかけてくる過去の残像から逃げるように、八戒は駆け足で門をくぐった。

◆　◆　◆　◆　◆　◆

「どーなってんだよ、一体っ！」

屋根のない中庭で、激しさを増してきた雨音を引き裂くように悟空が大声で喚《わめ》く。

普段なら『煩《うるさ》い』と返す悟浄だが、今は、とてもじゃないがそんな気になれずにいた。

というか、悟空と同意見なのだ。

何なんだ、一体！ と、文句をつけたいことは二つ。

一つはこちらの攻撃が全く通用せずに、跳ね返されてしまうこと。

跳ね返されるという表現で正しいかどうか、判断つきかねるような不可思議な現象。

この場で殺戮《さつりく》を行っていた若い男の身体は、真珠の光沢にも似た不可思議な淡い光に包まれていた。

乳白色の、淡い光。

恐らくそれが曲者なのだろう。

そう分かったところで、それを打開する術《すべ》がない。

「ちっくしょー」

悟空が、再度男に向かって突進する。

その手に握られている如意棒《にょいぼう》が、半透明に近い光の膜を難なく突き破って男へ向かって行く。

普通でないのは、ここからだ。

光の膜の向こうに突き出した分と同じだけ、光のこちら側、つまり悟空の目の前に如意棒の先が現れるのだ。

それなのに、光の膜から引き抜いた如意棒は、折れても曲がってもいない。

悟空の如意棒だけでなく、悟浄の錫杖《しゃくじょう》を向けても結果は同じだった。

男にしかけた攻撃が、光の膜を越えるとそのまま自分に戻ってくるのだ。

これでは手の打ちようがない。

そしてそれ以上に問題なのは…。

戦いの最中だということは重々承知しているが、それでも漏れ出す溜め息は押さえられない。

僅《わず》かに気が逸《そ》れた瞬間を目ざとく見つけた男が、手にした青竜刀《せいりゅうとう》を振り上げ悟浄に躍《おど》りかかってきた。

緩《ゆる》やかに弧を描く男の刃は、光の膜を通しても何の変化もなく、目標のままに悟浄に向かって伸びてくる。

ずるいよな、などと場違いな感想を抱きつつ、錫杖《しゃくじょう》の柄《え》で防ぐ。

力業《ちからわざ》では悟浄の方が勝っているのは、過去の打ち合いで確認済みなので、両腕にぐっと体重をのせて押し返すように弾《はじ》いた。

よろめいて数歩後退した男の足が水溜まりにはまり、ばしゃっと水が跳ねる音がする。

崩れた態勢を素早く立て直して、男は悟浄を鋭く見返した。

きつく、冷たい視線と表情。

そう、この顔が何よりも曲者なのだ。

あまりにも、見知った人物に似ている。

戦い辛《づら》いこと、この上ない。

「――――っ！」

背後で、鋭く息を呑《の》む気配を感じた。

振り返れば、遅れてきた八戒がこれ以上ないほど目を見開いて立っている。

その驚愕《きょうがく》の視線は、あちこちに転がっている死体でも悟浄でもなく、その先の男にのみ向けられていた。

自分を間に挟んで立ち尽くす二人を交互に見やり、悟浄は舌打ちをする。

似ている、なんてもんじゃない。

服装や髪の長さを除けば、まるで同一人物だ。

青竜刀を構えている方が少し髪が長い。

そう、まるで出会った当初の八戒そのものだ。

「悟浄っ。八戒も。何ぼーっとしてんだよっ」

悟空の声が、戸惑いに満ちた静寂を破る。

その声に反応したのか、八戒と同じ顔持つ男は一転して悟空へと向かって行った。

左から右に薙《な》ぐように閃《ひらめ》いた切っ先を、後ろに飛ぶようにして悟空が紙一重で躱《かわ》す。

だが息をつく暇もなく、今度は頭上から勢いをつけて振り下ろされる。

ぶんと風を切る音が、耳元を掠《かす》めてゆく。

「だー、もう。どうしろってんだよ」

躱《かわ》しているばかりでは、どうにもならない。

おまけに雨で徐々に地面が泥濘《ぬかる》んで、足場が悪くなってきている。

なんとか攻撃の手段を見つけないことには、こちらの身が危ない。

そんな緊迫感の中、不意に、悟空が全く関係のないところに視線を移した。

「ばっ…悟空、何やってんだよ!」

危険を知らせるため叫ぶ悟浄の目の前で、八戒に似た男が無表情のまま青竜刀を構えなおす。

間合いを詰めて、勢いよく振りかぶったその瞬間。

雨を縫《ぬ》うように、凛《りん》とした曇りのない声が響いた。

今まさに悟空に剣を下ろそうとしていた男の身体が、雷に打たれたようにびくっと大きく揺れたかと思うと、硬直したままで小刻みに震えた。

滔々《とうとう》と、淀みなく読まれていく経。

比例するように男の顔に苦汁が滲《にじ》んでゆき、身体を覆《おお》っていた光が揺らめきながら薄れてゆく。

不意に読経《どきょう》が途切れ、悟空の視線の先から三蔵《さんぞう》が姿を現す。

再び開かれた口からは、経ではなく怒鳴り声。

「このバカ猿、突っ立てないでとっと動け」

その声に現状を思い出して、悟空は視線を男へと戻す。

如意棒を握りしめ態勢を整えるが、一足遅かった。

ゆらり、と。

これまで身体を覆《おお》っていた光りとは種類の異なるものが、男の身体を包み込んだ。

「えっ?」

一瞬、全ての光が男の身体に吸い込まれたかのように暗くなり、そして。

目を射貫《いぬ》く、閃光《せんこう》──。

全てが、痛いほどの白光に飲み込まれていった。

二

最初に感じたのは、軽い浮遊感。

柔らかな布の上に横たえられた身体全体が、揺らいだ気がした。

次いで嗅《か》ぎなれた煙草の匂いが、八戒の覚醒を促《うなが》した。

ゆっくりと瞼《まぶた》を押し開けた目に映ったのは、チカチカと点滅する光。

まるで至近距離で花火を見ているようだ。

入れ替わりたち替わりの極彩色の洪水が、こめかみにずきっと重い痛みを生んで、思わず瞼《まぶた》を閉じる。

だが、目を瞑《つむ》ったにも拘《かか》わらず、光の洪水は相変わらずで、それを不思議に思っていると、側《そば》から声が掛けられた。

「気が付いたか」

よく知っているその声の主。

「…悟浄」

名を呼ぶと同時にもう一度目を開く。

目を幾度か瞬《しばた》けば、極彩色の中で、辛《かろ》うじて側《そば》に立っている悟浄の朧《おぼろ》げな輪郭だけは判別できた。

「目、そーとーイカれてんだろ?」

見えはしないが、気配で悟浄が笑ったのが分かる。

「ええ。悟浄の姿もモザイクがかかってるみたいです」

「人を勝手に放送禁止物にすんじゃねぇよ」

互いのらしい物言いに、同時に笑みが零《こぼ》れる。

「まぁ、しばらくすりゃ治るだろうけど」

俺も同じだったしと続けられた言葉に、これまでの経緯を思い出す。

「悟空と三蔵は無事なんですか?」

「三蔵は無事だけど、悟空はお前と同じくぶっ倒れたから、二人して隣の部屋にいるぜ。ちなみにここは騒ぎのあった建物の一室。ぶっ倒れたお前を運んだのは俺だから、心から感謝するよーに」

悟浄はその他に聞かれるだろうことを、思いつくだけ一気にまくし立てて、一息ついた。

「他に質問は？」

「………僕に似た、あの男は…どうなりましたか？」

尋ねながら、開いていても本来の機能を果たさない目をそっと閉じる。

「光が収まった後には消えてた。お陰で三蔵に散々文句言われたぜ。なんで動きを封じている間に、とどめささなかったんだってよ」

「そう、ですか…」

言葉に紛《まぎ》れた吐息は、捕まえられなかった落胆か、捕まらなかった安堵《あんど》か。

大量虐殺を行っている男は、他人というには八戒に酷似《こくし》し過ぎている。

血縁者か否か。

これだけは、確認しておきたい。

「今度俺の方から質問。…お前さ、双子の兄弟いるのか？」

単刀直入に『あいつは誰だ』とも聞けずに、少し遠回りな表現で問いかける。

「ええ、いましたよ」

あまりにあっさりと肯定されて、悟浄のほうが面食らう。

「マジ？　…ってことは、さっきのあいつが…」

「違います」

「えっ？」

間抜けなほどに上ずった声は、悟浄が思った以上に大きく室内に響いた。

くすくすと、本当におかしそうに笑う八戒に、気恥ずかしさが増大する。

こいつは俺の反応楽しんでいるんじゃないかという、疑いさえ生まれてしまう。

「僕、『いました』って言いましたよね？」

ほんの微妙な言い回しの差だが、それは。

「過去形？」

「ええ、花喃はもういませんから…」

「花喃って…お前の姉、だろ？」

「はい。双子の姉です」

言って、目を開けてみた。

赤茶の木で組まれている天井が視界を埋める。

時折ちらつくこともあるが、先程のより遥《はる》かにましになっている。

「………まじ？」

長い沈黙の後、悟浄がぽつりと漏らした。

その呟《つぶや》きに、感情がこもってなかったことが八戒を不安にさせる。

不安に思う自分に驚いた。

そして、ああ、そうかと、不意に納得する。

自分は、嫌われたくないのだ。

悟浄に、そして三蔵と悟空にも。

ただ、嫌われたくないだけなら、余計なことは言わなければいい。

外面《そとづら》の良さには自信があるのだから、永遠にいい人を演じていればいいのに、なぜ、あんなことを口走ってしまったのだろうか？

自問して、もう一度ああ、そうかと思う。

醜さも汚さも狡《ずる》さも、全てをさらけ出した上で、彼等に認めて欲しいのだ、自分は。

なんて都合のいい、傲慢《ごうまん》な言い分だろうか。

自分に対しての呆れの笑みを浮かべて、八戒は仰向《あおむ》けに寝ていた身体を僅《わず》かに左の方によじる。

少し離れた椅子に腰掛けて、煙草の煙をくゆらせている悟浄の姿があった。

彼の目を見ながら、いつか問いかけた言葉をまた口に乗せる。

「今度こそ、軽蔑《けいべつ》しましたか？」

「前もいったけど、アリじゃねぇの、そーいうのも。好きになった相手が、たまたま双子の姉だったってだけだろ?」

「いえ、違います。双子の姉だから、好きになったんです」

言って、八戒は上半身をベットの上に起こした。

悟浄の言葉に頷《うなず》いてしまおうかと一瞬本気考えたが、自身の心を偽りたくなかった。

案の定、悟浄は紅《くれない》の目に不思議そうな色を浮かべている。

「同じ日に同じ人間から生まれて、同じように孤児院に預けられた。彼女はもう一人の僕自身。彼女を愛することは、僕自身を愛することだったんです」

湖の底のような色の目が、思い出を辿《たど》るように細められる。

誰からも愛されず必要とされなかった悟能《じぶん》が、もう一人の花喃《じぶん》を愛した。

ただ、それだけのことなのだ。

だから、相手は姉弟であれば誰でもよかったのだ。

そう、花喃でなくとも——。

「彼女は犠牲者なんです。僕のエゴの。僕が僕であるための…」

懺悔《ざんげ》のような告白を終えると、八戒はベットから降り立った。

「おい」

「大丈夫、目はほとんど元通りになりました。三蔵のところに行きましょう。あの人はきっと全部知っている。僕とあの男の間にある関係も」

「関係なんてないんじゃねぇの？」

「僕には分かります。あれは、まだ人間だったころの僕です」

悟浄の言葉に八戒は首を横に振って、きっぱりと言い切る。

「…お前この間もンなこと言ってたけど…」

人間でなくなるほど大勢の妖怪を殺した、と。

あのときはタイミングがずれ、聞けずじまいだったが…。

視線を合わせて、分かってますというように八戒が笑みを向けてきた。

「僕は、元は人間でした。千人の妖怪の血を浴びて、妖怪になったんです」

言い終えても、八戒は悟浄から視線を外さなかった。

悟浄の顔に浮かぶ、どんな小さな表情も見逃さないように。

「…ンな面すんなって」

あまりに真摯《しんし》な視線に、悟浄の方が先に根を上げれば、八戒の唇が僅《わず》かに開かれた。

また聞くのだろうか、こいつは。

僕を、軽蔑《けいべつ》しますか、と。

だから、先に告げておく。

もう二度と、八戒があんな台詞《せりふ》を言わなくてもいいように。

「過去のお前が何やってようが、気にしねぇよ。俺の判断基準はあくまで今目の前にいる猪八戒《ちょはっかい》なんだからな」

過去を否定することは、今を生きる猪八戒と言う人間をも否定することになる。

そんなことしたくないぐらいに、自分は八戒という人物を気に入っているのだ。

◆　◆　◆

「あー、痛ってぇー」

ベットに起き上がった悟空が、瞼《まぶた》を手で軽くマッサージしながら、何度目か分からない台詞《せりふ》を口にした。

「いいかげんうるせぇよ。黙れバカ猿」

起き上がった悟空からは、椅子に腰掛けている三蔵の、うんざりとした横顔が見える。

「だって、痛ぇーもんは痛ぇーんだもん」

強烈な光が武器になるということを、身をもって体験した。

閃光《せんこう》の直後、反射的に目を閉じ、防衛本能から両腕を顔の前でクロスさせたというのに、今だ目の奥に強烈な光が点滅している。

「八戒、大丈夫かなー」

振り返った先の、壁を隔《へだ》てた向こうにいる八戒を心配する反面、閃光《せんこう》で気を失ったのが自分一人でなかったことにこっそり安堵《あんど》していた。

同じ場所にいたにも拘《かか》わらず、三蔵と悟浄に閃光《せんこう》の影響が少なかったのには、ちゃんとしたわけがある。

閃光《せんこう》を多少なりとも遮《さえぎ》ることのできる物体の側に、立っていたか否か。

とは言え、あの咄嗟《とっさ》の状況では、立ち位置など変えようがない。

つまりは、運しだいだったのだ。

「なぁ、三蔵。あいつ何なんだ?」

ベットの上に投げ出していた足を胡座《あぐら》に組み替え、悟空は新聞に目を落としている三蔵に問いかける。

しかし返事はさぁな、という、素っ気ないものだった。

「ずりぃ。知ってんなら教えろよ」

「どうせ八戒が気付けば、自分から説明求めにくるだろうからな」

何度も説明するのは面倒なので、そのときまとめて教えてやるということなのだろう。

合理的なその言い分は、分からなくもないが。

「待てねぇよ。気になる！」

両腕を振り上げて布団を叩くという無意味以外の何物でもない行動を伴《ともな》いながら、諦め切れない悟空は言い募《つの》る。

「お前はどう思ったんだ？」

逆に問いを振られ、振り上げていた腕がぴたっと止まる。

「八戒じゃ、ない」

「それだけ分かってりゃ、十分だろ」

それはそうだけれどと、口ごもったとき、コンコンと扉をノックする音が聞こえてきた。

待ってましたとばかりに、悟空がベットから飛び降りて扉へと向かう。

さっきまで痛い痛いと喚《わめ》いていたのは、一体誰だったのか。

かちゃりという音と共に扉が開き、その向こうには悟空が待ち望んだ八戒と悟浄の姿があった。

三

「で、何から聞きたい?」

「何って全部にきまってんだろ。吐け、洗いざらい吐け」

正面に腰掛けている悟浄の言い分はきっぱり無視して、三蔵は斜め前に腰を下ろしている八戒の方へ視線を移し、もう一度同じ言葉を告げた。

「全てのカードを握っているのは三蔵だけなんですから、僕たちがばらばらの順序で質問していくより、貴方の説明しやすい順でお願いします。その方が貴方も楽でしょう?」

「まあな」

一息ついて、おもむろに三蔵は話し始めた。

「まず、俺が三仏神《さんぶつしん》から命じられたのは、百眼魔王《ひゃくがんまおう》の城跡から発見されなかった宝具《ほうぐ》を探し出すことだ」

「宝具《ほうぐ》なんてもんあったのかよ」

意外そうに悟浄が呟《つぶや》いた。

悟浄は火が放たれた後の焼け野原しか見ていないので、城と言ってもどれほどの物か想像できないでいたのだ。

「恐らく火を放った者が持ち出したんだろうな」

「でも、なぜ今頃になって？」

本当に重要な物なら、もっと以前、それこそ放火される前に回収すればよかったではないかと、八戒でなくてもそう思うだろう。

「それは俺にも分からん。だが、ここ最近の大量虐殺が理由の一つであることは間違いないだろうな」

「どういう意味なわけ？」

「宝具《ほうぐ》は二つあったんだが、その一つは『怒りや憎しみ、悲しみや恐怖などの感情に反応し災《わざわ》いをもたらす』と言われている悪趣味な鏡だ」

不思議な力を宿し、仮にも宝具《ほうぐ》と呼ばれている物を悪趣味の一言で片付けるあたりが三蔵らしい。

確かに、利用法としては嫌がらせぐらいしか無さそうな宝具《ほうぐ》だ。

「しっかし、随分抽象的な説明だな。どんな風に反応して、どんな風に災《わざわ》いをもたらすってんだ？」

悟浄が首を捻《ひね》れば、

「お前もその、目でみただろ」

と、三蔵から簡潔に返された。

「……って、まさか」

八戒は宝具《ほうぐ》の説明の時点で薄々気が付いていたらしいが、悟浄と悟空はここにきて初めて、先ほど自分たちと対峙《たいじ》していたものが何だったのかを知る。

「あれの正体は、八戒が百眼魔王の城へ行ったときに抱いていた負《マイナス》の感情だけを映し出した、鏡像だ」

「だから俺たちの攻撃、変な風に躱《かわ》されたのか。なんかムカつく」

悟空は余程あの戦いが不満だったらしく、ベットの上で子供のように頬を膨《ふく》らませた。

「で？」

「それだけだ」

膨《ふく》れている悟空は無視して話を進めるよう促《うなが》せば、もう話すことは何もないと言わんばかりに言葉を返された。

「それだけってことはないだろ？　あいつが何時何処《いつどこ》に現れるか予測つくのか？」

「それはお前には関係ないことだ」

むっとして、悟浄は形の良い眉を寄せる。

確かに命を受けたのは三蔵だけだろうが、ここまで巻き込まれて今更引き下がれなんて冗談じゃない。

「僕には関係ありますよね」

悟浄と同じ考えなのか、八戒も笑顔で食い下がる。

「だって、あれは僕自身なんだから。三蔵が駄目だって言うなら僕勝手に動きますよ」

「八戒、お前あいつが次現れる場所わかってんのか?」

「悟浄、あれは僕なんですよ?　あのとき僕が目指していたのは百眼魔王の城です。多分そこが最終目的地。違いますか、三蔵?」

憮然《ぶぜん》として答えないところをみると、当たっているのだろう。

「自分の不始末ぐらい自分で付けたいんですけど?」

じっと八戒が三蔵の紫暗《しあん》に真っ向から挑んだ。

溜め息を付き、根負けしたように三蔵が目を伏せる。

「…明晩、行って封じる」

「俺も行く行く」

三蔵の言葉にすかさず、悟空が名乗りを上げる。

「俺も行っちゃおっかなー」

駄目押しで悟浄も名乗りを上げれば、もうどうでもよくなったのか三蔵は投げやりに勝手にしろとだけ呟《つぶや》いた。

「ところでもう一つの宝具《ほうぐ》の方はどうなっているんですか?」

ふと、思い出したように八戒が尋ねる。

「もう一つの宝具《ほうぐ》ってのも、物騒なもんじゃねぇだろーな」

鏡の方がとんでもない代物《しろもの》だったので、悟浄にもいくばくかの警戒心が働いているらしい。

「さあな。そっちに関しては一切不明だ。まぁ、真っ当なもんじゃないことだけは確かだろうな」

「ンな、大ざっぱなことでいいのかよ?」

「そんなもんだ。八戒のときだって身体的特徴以外、何の手掛かりも無かったんだしな」

東方随一の寺院の意外な内情に、思わず言葉をなくす。

その沈黙を待ち構えていたかのようなタイミングで、コンコンという音が響いた。

一同の眉が、不審そうに寄る。

なぜなら、その音は扉からではなく、部屋の奥の窓の方から聞こえてきたのだ。

「ここ、三階だよな?」

悟浄の確認に、八戒と悟空が頷《うなず》く。

四人とも聞いたのだから、空耳ということもあるまい。

コンコンと、再び響く。

「よし、悟空お前見に行け」

悟浄がびしっと指さして命じた。

「なんでだよーっ」

「お前が一番近い」

実際一番近いのは三蔵なのだが、彼が動くとは思えない。

面倒だ、嫌だと思いつつも好奇心が先にたつ悟空は、窓へと向かう。

まだぱらぱらと雨が降っているため、しっかりと戸締まりしていた鍵を外して開けば。

「あー。八戒ほら白竜!」

開け放たれた窓枠に捕まって、翼を広げたり身体を捻《ひね》ったりして雨水を払い落としているのは、悟空の言うように寺院に置いてきたままの白竜だった。

「お前ここまで追いかけてきたのか。すげぇ」

悟空は素直に称賛の眼差しを向けた。

やがて大かた水気がなくなると、パタパタと飛んで定位置と化した八戒の膝《ひざ》の上に乗る。

そのときになって、ようやく三蔵が白竜に目を止める。

「何だ、その生き物は？」

言葉以上に不審そうな視線を、遠慮なく送る。

「何だと言われましても、見た通りとしか…って、ちょっと、三蔵？」

三蔵が立ち上がって八戒に近付き、身を屈《かが》めるようにしてまで白竜を凝視する。

この行動には八戒の方が慌てた。

一体何だと言うのだろう。

「三蔵、そいつ不味《まず》いんだってさ」

悟空が、あくまで自分を基準にした価値観で白竜の説明をする。

「てめーじゃあるまいし、誰が食うか」

そう悟空に言い返しながらも、白竜へと向ける視線は外さずにいた。

三蔵の視線と真っ向から向かい合うこととなった白竜が、居心地悪そうに八戒の膝《ひざ》の上で身じろぐ。

「おいおい三蔵。脅《おび》えてるぜ。そいつ」

流石《さすが》に白竜が哀れになってきて、悟浄が口を挟んだ。

「白竜が何か？」

今のところ一応飼い主的存在となっている八戒も、気が気ではない。

「別に、なんでもない」

二人が声を掛けたことが功を奏したかは分からないが、そう言うと三蔵はすっと身を引いた。

それでもまだ視線は白竜に向いている。

もはや八戒にも悟浄にもどうしてやることもできない。

結局白竜に取って救いの神となったのは、三蔵に用があると訪れたここの僧だった。

先ほどの騒ぎの事後処理のことらしく、三蔵は憮然《ぶぜん》としながらも呼びにきた僧に続いて出て行く。

残された三人と一匹の間に流れる何とも言えない雰囲気。

「…三蔵、こういう生き物、好きなんでしょうか？」

それも、想像し難いものがある。

「………ったく、あの視線のどこが別になんだよ…」

悟浄の言葉に、ピィと小さく白竜が鳴いた。

四

事後処理という名の雑用に引っ張り出され、思った以上に時間を食ってしまった。

廊下を歩きながら右側にある窓から外の様子を伺えば、うっすらと白み始めている。

あてがわれた部屋の少し手前で、三蔵は歩みを止めた。

三蔵の部屋の正面の窓を開け、その窓枠に肘を付くようにして、悟浄が煙草をふかしていた。

「何やってんだ?」

「ひっさびさに、三蔵様とお話ししようと思ってな」

「暇人だな。俺の方には話すことなどない」

「一本ぐらい付き合えよ」

悟浄がパッケージごと煙草を投げる。

受け取ったものの、ろくに見もせず、すぐさま三蔵は投げかえした。

「お前、態度悪すぎ」

「お前なんかに良く思われたくはない」

言いながら、自分の煙草を取り出してその先端に火を付ける。

どうやら、悟浄の言葉通り、煙草一本分は付き合ってくれるらしい。

悟浄とは反対に、三蔵は窓枠に背を預ける姿勢で、煙を吐き出す。

「こっちむいてりゃ、もうすぐ日の出だぜ？」

この窓は、丁度真東に面していた。

「そんなもんが珍しいのか？」

「話題を提示して話を盛り上げようという俺の努力無にすんなよな」

「無駄な努力するぐらいなら、とっとと本題に入れ」

「だーから、久々にお話しをって…」

「ふざけんな。んなことのために一時間以上待ってるほど物好きなのか？」

降参の意を込めて、両手を軽く上げる。

「三蔵様は何でもお見通しってか？」

「お前が単純なだけだろ」

はいはいと答えて、深く息を吐き出す。

煙が四散して行く様を最後まで眺めてから、悟浄は彼にしてはためらうようにゆっくりと言葉を組み立てていく。

「人間が、妖怪になるなんてこと、あるのか？」

ちらっと、三蔵が悟浄に視線を向ける。

「八戒に聞いたのか？」

「ああ。千の妖怪の血を浴びると妖怪になるって…本当なのか？」

愚問だという自覚はある。

本当も何も、目の前にその証人である八戒がいるのに…。

「そういう言い伝えがあるのは、確かだ」

「でもよ、千人なんて簡単に殺せるか？　第一、千人分の血を浴びればいいなら殺す必要もないわけじゃねぇ？」

数式の問題ではないのだ。

一定量たまったら、一人の例外もなく性質が変化するなどということ、あるはずがない。

納得いかない。

「結局は『思い』の問題だろ」

「………どれだけ妖怪になりたいかって？」

「どれだけ妖怪を殺したいか、だ」

基本的に妖怪の方が人間より、戦闘能力も殺傷能力も遥《はるか》に高い。

その妖怪を本気で多数殺そうと思ったら、それなりの力が必要だ。

だからその望みを達成できるよう、望む望まぬに拘《かか》わらず身体が変貌《へんぼう》を遂げるのだ。

殺そうとしている妖怪と、同等の力を持つ妖怪《もの》へと。

「千人殺して妖怪になるというより、千人殺すために妖怪になるんだと、そう俺は思っていたんだが…」

実際のところ、そのときの心理状況など、変貌《へんぼう》した本人にしか分からないのだ。

「話はそれだけだな」

いつの間にか短くなった煙草の火を窓枠の金属部分に押し当てて消すと、三蔵は吸《す》い殻《がら》を窓の外へと落とす。

「坊主がそういうことしちゃいけねぇな」

「そういうなら、お前が拾ってきて捨てとけ」

凭《もた》れていた窓枠から身を起こした三蔵は、そう言い捨てて扉の向こうへ消えていった。

自分も部屋へ戻ろうかと悟浄は考えたが、ここまで来たら折角なので、日の出を拝むことにした。

短くなった煙草を三蔵と同様に処理すると、新しい一本を取り出す。

外の明るさからいって、この煙草を吸い終わるころには、きっと望むものが見れるだろう。

# 第7章

SAIYUKI

一

「なー、三蔵《さんぞう》。腹減ったぁ。何か食ってこうぜ」

日も沈み掛けた夕刻。

買い物客で賑わう大通りでも、悟空《ごくう》の声は一際目立ち、歩く先々で人々の注目を浴びていた。

わざと少しの距離を保って後ろを歩く悟浄《ごじょう》と八戒《はっかい》は、最初から他人の振りを決め込んでいる。

だが、話しかけられている三蔵はそうもいかない。

「いい加減黙れ、バカ猿」

振り返りざま、取り出したハリセンを、悟空の頭上目がけて振り落ろす。

パァンという高らかな音と、悟空の叫びが響き渡る。

「いってぇー」

「大体、誰のせいで飯食う暇もないほど予定が狂ったと思ってんだ？　お前はっ」

しゃがみ込んで、叩かれた頭をさする悟空の真上から、三蔵の低い声が降ってくる。

表情を見なくても、その声音から機嫌が悪いことが容易に判断できた。

「でも、腹が減っては戦《いくさ》できないって言うだろ？」

流石《さすが》に罪悪感があってか、反論の声量は後ろになればなるほど、小さなものとなってゆく。

昨夜の予定では、昼前に百眼魔王《ひゃくがんまおう》の城跡地に向けて発つはずだった。

そう、悟空が目覚まし時計を蹴落として壊しさえしなければ、この街は三時間ほど前に通過しているはずだったのだ。

「食事はさておき、今から日暮れまでにあの森を抜けるのは無理ですよ、三蔵」

肩に止まった白竜のたてがみを右手で撫でてやりながら、八戒はそう告げた。

この街のはずれには、大きな森が存在している。

そこからが百眼魔王の敷地内で、彼の居城にたどり着くためには、その回りを覆《おお》っている森を通らなければならなかった。

この森というのが曲者《くせもの》で、日が沈むと同時に防犯用の呪《のろい》が発動し、侵入者を拒《こば》むのだ。

その呪《のろい》は百眼魔王本人が一族諸共《もろとも》に滅んだ今でも、十分な効力を発しているらしく、わざわざ夜に好き好んで訪れる輩《やから》はいない。

森を徒歩で抜けるのは、最低でも一時間はかかる。

そして、太陽の位置からして完全な日没まで、三十分とかからないだろう。

こうなると選択は二つ。

この街に一泊するか、それとも余計な危険に晒《さら》されるのを承知で森に入るかだ。

「何が何でも今日封じなきゃなんない、ってわけじゃないんだろ？　これまでの経緯だとあの八戒もどきは、連ちゃんで街や村を襲ったことないって話しだし…」

半《なか》ば旅行気分の悟浄のことだ、恐らく『泊まっていこう』と続けられるはずだったのだろう。

だがそう口に出す前に、日常を一瞬にして非日常に変える効果を持つ悲鳴に、遮《さえぎ》られてしまう。

がしゃんと、陶器のような物が割れる音が、立て続けに響いた。

まだ日も沈み切らない早い時間から、早々に酔っ払った者同志の喧嘩かと思ったが、それは考え違いだったようだ。

聞こてくる悲鳴が、一人二人のものではない。

もっともっと、大勢の…。

一番早く反応したのは悟空で、逃げ戸惑う人々の流れに逆らいながら、その中心を目指す。

少し遅れて、同じように人込みをかき分けながら悟空の後を追う三蔵たちを、聞き慣れた声が導く。

「三蔵、八戒じゃない八戒がいたっ！」

「…他に言い方ねぇのか、あいつは？」

あまりな言い草に悟浄が前方を行く三蔵を眺めれば、頭痛がするのか、右手をこめかみに添えている。

ようやく三人が人の途切れた場所までたどり着く。

開けた視界に如意棒《にょいぼう》を構えた悟空の後ろ姿。

そしてそのさらに先に、八戒と同じ顔を持つ男が立っていた。

彼の足元には、既に事切れていると思われる幾人かの死体。

「────っ！」

殆《ほとん》ど無表情に近かった男の顔が、三蔵を視界に認めた途端、驚愕《きょうがく》とも恐怖とも付かない感情を浮かべる。

ほんの十数時間前、三蔵のせいで痛い目にあったことは覚えているらしい。

「え、おい…ちょっと待てって」

既《すで》に如意棒を握り締め臨戦態勢に入っている悟空に背を向けたかと思うと、重力の抵抗など受けていないかのような素早い動きで、八戒と同じ顔を持つ男は彼等の前から走り去って行った。

◆◆◆　　◆◆◆

「悟空、奴は…どうした？」

全力疾走のためか、少し上がった息で三蔵が聞いてくる。

「見失った」

悔《くや》しそうに、悟空は呟《つぶや》いた。

先刻、突然の展開に、逃げる背を呆然と見送ってしまった。

しばらくして我に返りその後を追ったが、男の逃げ足は速かった。

おそらく、最初のタイムロスなどなくても、結果は同じだったろう。

「何なん、だよ…あいつはっ…」

ようやく悟空と三蔵に追いついた悟浄が、息を切らしながら悪態をつく。

その後ろには八戒の姿もあった。

「人間業《わざ》…っつーか、妖怪業《わざ》でもねぇぞ、あのスピード…」

「それよりも…これからどうしますか?」

ぐるりと辺りに首を巡《めぐ》らせて、八戒は困ったような表情を三蔵に向けた。

逃げる男を追っているうちに、百眼魔王の呪《のろい》のかかった森へと侵入していたのだ。

「幸い、まだ日沈前で時間がありますけど、その時間で街へ戻ることはできても目的地にたどり着くのは無理です」

八戒の言葉に、呼吸を整える意味も含めて、三蔵は軽く息を吐き出す。

と、八戒の肩から、滑るように白竜が降りてきた。

両の足でしっかり地面に着地すると同時に、白竜の身体が体色と同じ白光に包まれる。

身体の輪郭が強い光に滲《にじ》んで消えてゆき、しまいには光の塊と化す。

驚きに目を見張る四人の視線の先で、さらに白竜は驚愕《きょうがく》の変化を遂げる。

光の塊が、徐々にその体積を増しているのだ。

体積の増加が止まると、白竜を包んでいた光が今度は次第に薄れていく。

光が完全に収まったあと、そこに現れた物に目を疑う。

「…えっ。な、何?　何なんだよ、一体?」

目の前で起こった出来事なのになかなか信じられず、ひたすら悟空はパニックに陥《おちい》っていた。

「…車ですよねぇ」

「そりゃ分かるけど、なんで竜がジープに化けるんだぁ？」

恐る恐る悟浄は手を伸ばし、車体に触ってみるが手に触れる感触は金属そのもので、結局悟浄も悟空同様パニックを起こす以外に思考の持って行きようがなかった。

「八戒、お前知ってたのか？」

悟浄の問いに、首を横に振って八戒は答えた。

彼とて、初めて知ったのだ。

「ならもっと驚けよな」

「十分驚いているつもりなんですけど…」

八戒はそう言うが、とてもそんな風には見えない。

驚いている自分が子供じみて思えてくるのは、同じく驚きを露《あらわ》にしているのが悟空だからだろうか。

「そういうことか」

不審がる三人をよそに、三蔵がジープを凝視して呟《つぶや》いた。

「おい、一人で納得してんじゃねーよ」

説明を求める悟浄を無視して、三蔵は八戒に視線を合わせる。

「こいつで走ったら、日没前にこの森抜けれると思うか？」

「確率的には五分五分といったところですか」

つまり、やってみるだけの価値はあるということだ。

「白竜の心意気を汲むためにも、とりあえず追いましょうか」

にこりと笑って八戒が告げると、それまで物珍しそうに眺めていた悟空が、手放しで喜ぶ。

「やったー。俺後ろがいい、後ろ」

言うより素早く、悟空は後部座席の左側を陣取った。

かと思えば、三蔵は黙って助手席に乗り込んで腰を下ろす。

何となく出遅れてしまった悟浄は、同じく取り残されている八戒に、牽制《けんせい》するような視線を向けた。

「言っとくけど、俺運転なんてしたことねぇぞ」

先手を打つように告げたが、返ってきたのは、

「大丈夫です。僕出来ますから」

という、有り難くも頼もしい言葉だった。

◆　◆　◆

ガクンと大きく車体が揺れて、その勢いで悟浄は舌を噛《か》んでしまう。

もう何回目か、数えるのも嫌になってきた。

整備されてない道なので確かに凹凸《おうとつ》が多いのは分かるが、この揺れはそれだけが理由とは思えない。

勢いよくハンドルが切られ、一拍遅れてがくんと、地面に引っ張られるような感覚に襲われる。

「お前、本当に免許持ってんのか?」

「持ってませんよ、そんなの」

「何だってっ?」

さらりと返された言葉に、悟浄は目を見開く。

「免許持ってないのに、なんで運転できんだよっ?」

「大丈夫です。運転しているの隣で見たことありますから」

根拠のない八戒の自信に、もう向ける言葉がない。

◆　◆　◆

悟浄は数年振りに、神様とやらに願《がん》を掛《か》けた。

願うのはもちろん我が身の無事、それだけだ。

「なあ、三蔵」

この荒い運転を物ともせずにジープの上で立ち上がった悟空は、前席のシートに肘を乗せて三蔵の方へと身を乗り出した。

「百眼魔王の城から紛失したもう一つの宝具《ほうぐ》ってのは、こいつだ」

「さっきの『そういうことか』ってどういうこと？」

「えっ、まじ？」

悟空が目を丸くする。

先日より幾度か行動を共にしてきた白竜。

彼が、三蔵が命を受けて探していたものだったとは…。

「こいつが、宝具《ほうぐ》？　確かに珍しいとは思うけど…」

舌を噛《か》まないように気を付けながら、横から悟浄は正直に思うところを述べてみた。

「珍しいなんてもんじゃない。こいつは禁忌《きんき》とされている、科学と妖術の合成で生み出されたものだ」

三蔵がちらっと振り返って、意味ありげな視線を投げてよこした。

そう思えたのは、受け取る側《がわ》の悟浄の、気のせいだろうか?

「禁忌《きんき》の生き物…、こいつもねぇ…」

呟《つぶや》いて、悟浄は支えの為に手を置いていた金属部分を、軽く二、三度叩いた。

二

「んだよ、これ?」

悟空の叫びはもっともだった。

何とか日没前に森を抜け出れば、そこには焼失したはずの百眼魔王の城が再建されていたのだ。

3か月ほど前訪れたときは、一面何もない焼け野原だったというのに。

「いつの間に建て直したんだ?」

「…違う…建て直しなんかじゃない」

悟浄の言葉を八戒は否定した。

新しく建て直されたにしては、どこかくたびれた感じがある。

それよりなにより、忘れるはずがない。

これはあの日見た建物、そのものだ。

「三蔵。あの鏡には、こんな大きな建物まで再現してしまう力があるんですか?」

三蔵は黙り込んだまま、そびえ立つ城を見ていた。

不意に、その城の中から叫び声が聞こえてくる。

一つ、二つ、三つと。

徐々にそれは数を増やしていった。

「建物どころか、中にいた人物もか?」

まさかという思いで、三蔵は言葉を口の中で苦々しく噛《か》み締《し》めた。

三仏神《さんぶつしん》が自分に告げた以上に、使い方次第でどこまでも危険な物になり得るのではないか?

「三蔵、あれっ!」

三蔵の思考を遮《さえぎ》るように、悟空が声をあげ、建物の中央より少し左側にある、大きな窓を指さした。

日が沈んだため急速に暗くなり、視界は常より悪い。

しかし、その指の先に八戒の姿をした男の上半身が映っているのは確認できた。

振り上げた右の手に持っているのは、刀。

背を向けて逃げ去ろうとしている妖怪に、その白刃が一閃《いっせん》する。

硝子窓《ガラスまど》に、黒々とした液体が飛び散り、重力に従い下へと直線を描いてゆく。

「三蔵?」

いきなり城の出入り口に向かって歩きだした三蔵を、悟空は呼び止める。

「ここであいつが出てくるのを待っていても意味がないし、出てくるともかぎらん。中に入る」

振り返ることなくただそう告げた背中に、悟空も付いてゆく。

「お前、どうする?」

悟浄は隣りに立つ八戒に問いかけた。

八戒は4か月前ここを襲ったときの記憶があいまいだと言っていた。

覚えていたくても、思い出したくもないことだから、自己防衛が働いて忘れたのだと。

今あの城の中で行われていることは、その『覚えていたくない、思い出したくない』ことなのだ。

ならば、無理に見ることはないのではないか、と。

その言葉に、八戒が右手でそっと自身の右目を覆《おお》う。

手のひらに、ひんやりとした眼鏡のフレームが触れる。

そしてその下には、同じく冷たい義眼がはめ込まれている。

義眼を入れるよう言ってきたのは三蔵だった。

自分で勝手に抉《えぐ》ったのだし、何よりあれだけ人の命を奪ったのだから、目の一つくらい失っても当然だと、いや、足りないぐらいだと思っていた。

だから最初は断ったのだが、

『自分のしたことが罪だと思うなら、その両目でしっかりと見届けろ』

犯した罪から目を逸《そ》らすな。

最後の最後まで見届けろと、そう言われた。

まるで、この日が来ることを知っていたかのような言葉。

だから、逃げるわけにはいかないのだ。

降ろした右手を軽く握り締めて、八戒は悟浄へと向き直る。

「行きましょう」

迷いのない声で、そう告げた。

城の中も、朧《おぼろ》げにある記憶のままだった。

あのときと違うのは、自分が作った死体の山を見ていることぐらいだろうか。

どの顔も、苦痛に歪《ゆが》んでいる。

虚《うつ》ろに開かれた目が、何故自分がこんな死に方をしなければいけなかったのかと、責め立てているようだ。

◆　◆　◆

「おい、大丈夫か、八戒」

悟浄の心配そうな表情で、自分が今どれほど情けない顔しているのかが伺《うかが》い知れた。

「ええ、大丈夫です」

答えて、少し開いてしまった前を行く二人との差を縮めるため歩く速度を速める。

それなりに入り組んだ城内を、先を行く三蔵と悟空は迷う事なく進んでいる。

廊下が分かれているときは、死体のあるほうに行けばいいのだから、八戒が案内人として先頭に立つまでもない。

「ぐあぁぁ」

獣の咆哮《ほうこう》のような声が、がしゃんと硝子《ガラス》が割れるような音と重なって聞こえてきた。

これまでとは違い、近い。

前を進んでいた三蔵と悟空が、突き当たりが二股に別れた廊下の右側の壁に身を寄せて止まっていた。

「おい、何やってんだよ」

この向こうにもう一人の八戒がいるかもしれないと気を使い、多少小声で悟浄は抗議する。

「だって、三蔵が…」

「三蔵、早く封じちまえよ。そうすればこの城も消えんだろ？」

「ああ、全部消える」

問いかけたのは悟浄なのに、三蔵の視線は八戒に縫《ぬ》い止《と》められている。

「三蔵？」

向けられた視線の意味が分からず戸惑う。

そんな八戒に、もう一度同じ言葉を三蔵は繰り返した。

「ここで今俺が封じれば全部消える…その前に、やり残したことはないか？」

ドキリとしたのは、三蔵の言葉にか、それともこの場所を思い出したからか。

そう、覚えている。

ここを右に折れた突き当たりに、地下へと続く簡素な扉がある。

そこに、花喃《かなん》がいる。

「間違うなよ。死んだ人間は生き返らない」

釘をさすような三蔵の言葉。

今自分たちを取り巻いているのは、あくまで過去の映像。

触れることが出来る、ただそれだけの幻。

それでも。

それでも、もう一度――。

「封じるの、もう少し待ってくれませんか？　この廊下の突き当たりの扉の向こうに花喃がいるんです。そこまで、待って下さい」

答える代わりに、三蔵は着物の袂《たもと》から短刀を取り出して八戒に手渡す。

「これは…？」

持ってみると、外見以上にずっしりと重い。

黒塗りの鞘《さや》を少しずらせば、刃さえも墨で塗りつぶしたように、黒く鈍い光を放っていた。

「もう一人のお前を刺せるのはこの刀だけだ。自分の不始末は自分でつけるんだろ?」

「はい」

八戒の答えの後に、重く軋《きし》んだ音が響いた。

地下へと続く、扉の音だ。

少し時間をおいてから、足音を立てないようゆっくりと、八戒は一人で階段を降りる。

一段下がるたびに、より鮮明に聞こえてくる会話。

あの日の、僕と花喃の――。


さよならと、告げる声。

露出した岩肌に木霊《こだま》する、彼女を呼ぶ己の声。


そして。


階段を降りきると、いやが応もなく広がる光景。

血の海に、うつ伏せに倒れた花喃。

隔《へだ》てる鉄格子に、膝《ひざ》を折ってすがる自分。

気配を消すことをせず、あの日の自分の背後に立つ。

黒塗りの鞘《さや》から、更に黒く塗られた刃を引き出す。

その動きに、立ち上がったもう一人の自分の身体が、淡い光に包まれる。

悟空と悟浄の攻撃を、ことごとく跳ね返した防御膜。

だが、三蔵から借りているこの短刀の前では、一枚の布切れよりも無意味な物と化す。

刃を突き刺せば、短刀を握り締める手に、独特の感触が伝わってくる。

「花喃を殺したのは、悟能《あなた》です」

耳元で低く囁《ささや》いて、突き刺したままの短刀から手を離し、八戒は数か月前の自分を見て微笑む。

「そして、八戒《ぼく》でもあるんですよ」

ずるずると、鉄格子に持たれるように沈んでゆく、自分に酷似した男の身体からは、血も流れない。

ただ、内側から発光しているかのように輪郭が淡い光に包まれてゆく。

その光の行方を見届けることなく、少し移動して、鉄格子の出入り口に膝《ひざ》を付く。

一族以外の者の侵入など考えてもいなかったのか、それは鍵を必要とする物ではなく、外側からなら簡単に開けられる物だった。

開かれた鉄格子を潜《くぐ》り中へ入ると、花喃の傍《かたわ》らへと赴《おもむ》き膝《ひざ》を付く。

少しためらった後、その髪に触れてみた。

さらさらとした感触は、記憶の中の物と同じで。

鉄格子の外で横たわる男と同じく、光に包まれて徐々に輪郭があいまいになってゆく身体を、仰向《あおむ》けてそっと抱き寄せる。

花喃を包み込む光が八戒までもを飲み込んでゆく。

伝えたい言葉は沢山あるのに、時間がそれを許してくれない。


だから、何より伝えたかった言葉を——。

「…ありがとう」

こんな僕を、愛してくれて——。

三

さあぁぁと、少し冷たい風が頬を掠《かす》めた。

閉じていた目を開けば、つい先刻の白光とは対極の闇。

腕の中の温もりは、すでにかけらさえ残ってなく、この世界に自分一人置いて行かれたような寂寥感《せきりょうかん》に襲われる。

「――――っ?」

不意に、暴力的なほどまぶしい光が八戒をつつみ、思わず顔を背《そむ》ける。

「なーに、いつまでも黄昏《たそがれ》てんだよ」

少し離れたところから、笑みを含んだ聞き慣れた声がかかる。

顔の前に手を翳《かざ》して光を避けながら見やれば、ジープに乗った悟浄、悟空、三蔵の姿。

光の正体は、ジープのライトだった。

彼等の元へ向かおうと立ち上がると、ライトと違う光が目の端を掠《かす》めた。

よく見れば、それは手のひらにぎりぎり収まるぐらいの丸い鏡。

先ほど目に付いた光は、これがジープのライトを反射させたものだろう。

渕《ふち》に細かな装飾が施《ほどこ》された、今回の事件の発端《ほったん》となった鏡を拾い上げ、ジープで彼を待つ人達の元へ行く。

「三蔵、後の処理は任せます」

三蔵は八戒が差し出した鏡を受け取り、しばし考えるそぶりをみせた。

そうかと思えば、いきなり鏡を投げ捨てる。

一体何を始める気かと見守る三人の視線など気にもせず、銃を取り出した三蔵は鏡に向かって構え、ためらいなく引き金を引いた。

銃弾と鏡がぶつかり合う高い音は、三回続いた。

確認するまでもなく、粉々になってしまったことだろう。

「封じるんじゃ、なかったんですか？」

呆気《あっけ》に取られたように八戒が呟《つぶや》けば、

「封じるより、手っ取り早くて確実だ」

と、当然のことのように返された。

「この破戒僧はよ…」

呟《つぶや》く悟浄に鋭い一瞥《いちべつ》を向けてから、三蔵が気を取り直すように息を吐《つ》いた。

「残る宝具《ほうぐ》はこれだけだな…」

三蔵の言葉に、悟空が目を見張る。

「三蔵、白竜どーする気だよっ?」

「捜し出して封印しろと、命をうけた」

「ダメッ! 絶っ対に、ダメ!」

背後からのしかかるようにして喚《わめ》く悟空の腕を、煩《うるさ》そうに撥《は》ね除《の》ける。

「と、言いたいとこだが、ここで殺すと帰りの足がなくなるからな」

「えっ、じゃあ」

悟空の顔が、ぱっと明るくなる。

「今のところ、害はないしな」

「やったーぁ。良かったな、白竜」

悟空は愛情表現なのか、バシバシと車体を叩いた。

「ところでさ、今日、これからどうしますか?」

確かこの城跡を取り囲む森には呪《のろい》がかかっていて、太陽が出てないあいだは危険地帯なはず。

「あ、それ聞こうと思ってたんだけど、呪《のろい》って何だよ」

「実際は呪《のろい》なんて言うほどたいしたもんじゃねぇよ」

そう前置いて、三蔵が三人に説明を始める。

問題なのはこの森にのみ生息するある植物の胞子なのだ。

その胞子を吸うと、人間も妖怪も強烈な睡魔に襲われ、泥酔したときのように前後不覚になってしまう。

付け加えて、この胞子によって導かれた睡眠だと必ず悪夢を見ると言われている。

「太陽に弱いから、ほんの少しでも日が差し込めば大丈夫なんだが…」

少なくとも空が朝焼けに染まるまでは、ここで過ごすしかないだろう。

「こんな狭っ苦しーとこに男四人で過ごせってか?」

「それはこっちの台詞《せりふ》だ」

悟浄が心底嫌そうに言えば、三蔵も同じように返す。

「悟浄、寝相悪くないんだろうな。俺蹴られんのやだかんな」

「それこそこっちの台詞《せりふ》だっ!」

悟空と悟浄の言い合いに、一番よく悟空を知る人物がコメントを入れる。

「バカ猿の寝相は最悪だぞ」

「三蔵、悟空、悟浄」

尽きない低レベルの言い合いを、見事に八戒が止める。

「まぁ、たまにはいいんじゃないですか？　こういうのも」

向けられた非の打ちところのない笑みに、怒気を殺《そ》がれた三人は、おとなしく口を噤《つぐ》んだ。

四

「いつからここは託児所になったんだ？」

いつものように昼過ぎまで惰眠《だみん》を貪《むさぼ》っていた悟浄は、起きた早々目にした光景に、げんなりと呟《つぶや》く。

そんな悟浄の目の前を、悟空と鼈甲色《べっこういろ》の髪の子供がドタドタと駆けてゆく。

「あ、おはようございます、悟浄」

「おはようじゃねーだろ。誰だあいつ。悟空のダチか？」

少年の方が悟空よりずっと年下に見えるが、頭のレベルで考えると丁度いいのかもしれない。

「翼《よく》ですよ」

その名には聞き覚えがあるが、何故ここにいるのだろう?

そのとき、開け放たれていた窓からぱたぱたと、白竜が入ってきた。

「悟空、翼」

八戒が二人を呼ぶと、どたどたと足音が迫ってくる。

「帰ってきた?」

嬉々《きき》として扉から顔を出した悟空が、白竜をみて更に笑みを深める。

「ほら翼。こいつ」

白竜が悟空の手から翼の手へと移された。

どうやら白竜目当ての訪問らしい。

「そうだ悟空。僕名前考えたんですよ」

「え、白竜じゃねぇの?」

「ええ、それじゃ見たまんまなんで」

「なんてーの?」

好奇心に金の目が光を増す。

「ジープです」

言って、八戒はにっこりほほ笑む。

「へぇ、ジープか」

嬉しそうに、楽しそうにその名を連呼する三人に『ジープって名前も見たまんまじゃん』と喉《のど》まで出かかった突っ込みを、無理やり悟浄は飲み込んだ。

小説　最遊記２　鏡花水月　完

# あとがき

初めましての方もそうでない方も、こんにちわ。みさぎ聖《ひじり》です。

人間は日々成長してゆく生き物なのに、私は一年前と同じ切羽詰まった状況で同じコトしてます。「後悔先立たず」という有り難いお言葉がありますが、今回の私は「後悔役立たず」でした。

今回原稿の仕上がりがあまりに遅かったので、宅配を使わず東京まで届けに行ったんですが、お陰でとてもデンジャラスな体験ができました。

滅多に東京に来る機会のないイナカモノですので「来たからには遊ばねば」とあっちふらふら、こっちふらふら。それでも終電はまずいからそれより一本早い新幹線で帰るため、8時前に東京駅に向かう電車に乗ったのですが、それが非常にマズかった。ラッシュ時間が過ぎていたので空《す》いていて、座ることができたんです。普通なら「座れてラッキー」なのですが、そのとき私は普通の状態じゃなかった。二、三日ろくに寝てなかった私は、いとも簡単に睡魔の誘惑に引っ掛かり爆睡してしまったんです。東京駅目指してたはずなのに、気が付いたら「ここどこよっ?」ってな状態でした。

それでもなんとか東京駅には行けましたが、当然狙ってた新幹線には乗れず、終電で新潟に帰ることに。そして新潟に帰った私を待っていたのは、雪国育ちの私でさえボーゼンとするほどの猛吹雪《ふぶき》。まさに一寸先は白！　の世界。一メートル先も見えない状況に、迎えに来てくれるはずの弟がリタイヤ。しかたないのでタクシーのおじちゃん（推定五十歳）と心中覚悟で帰路につきました。無事生還できたのはおじちゃんの運転テクのお陰です！

…なんか小説の内容に全然触れてませんが、きっと言い訳じみてしまうのであえてパスします。どんなふうに受け取るかは人それぞれですし、書き手としては気に入っていただければそれで十分です。気に入らなかったら、ごめんなさい。

原作有りの小説というのはプレッシャー感じますが（とか言ってるわりに、好き勝手に設定作ってますけど）次がありましたら、またよろしくお付き合い下さい。

ここまで読んで下さり、本当にありがとうございました。

峰倉かずやです。
去年の暮れ辺りから著しく体調とペースを崩し、そのまま傾れ込むように
仕事に励めば、気付けば啓蟄も済む季節。
３月に発売される最遊記関連商品はコミックスや画集を含め８つもあり、
「これを、－この地獄を抜ければ●●のコンサートに大手を振るって行けるのだ！」
それだけを励みに頑張ってきました（何故か書いてて虚しくなってきた）。
勿論この小説本も地獄のメニューに組み込まれておりましたが、
他の物と違って唯一、出来上がった物を味わえる愉しみがありました。
大変だったのはみさぎさんの方でしょう。お疲れ様でした。

・・・今回の小説は、漫画原作において描ききれなかった裏舞台を
フォローして頂く形となりました。
みさぎさんに電話で裏設定を提供させて頂き、あとの調理法はお任せしています。
その際「悟能と花喃は、実は双子なんですよ」という設定に、みさぎさんが
いたく納得してらっしゃって。今回上がって来た小説を拝見して、
上手に料理して下さったなぁと思いました。
峰倉は、パセリか酢橘のごとく料理の脇に色を添える作業をさせて貰ったので、
あとは皆さんに美味しく召し上がって頂ければ嬉しいのですが。

では、また漫画の方で御会いしましょう。

GFN

# 最遊記 2

## 鏡花水月

2000年4月17日　初版発行
2000年11月10日　6刷発行

著者
◆
みさぎ聖

挿画
◆
峰倉かずや

発行人
◆
福嶋康博

発行所
◆
ENIX 株式会社エニックス
〒160-8307
東京都新宿区西新宿4-15-7 後楽園新宿ビル3F
営業 03(5352)6441
編集部 03(5352)6430

印刷所
◆
凸版印刷株式会社


ISBN4-7575-0224-9 C0293